euphoria

die macht der götter

Impressum:

Neuauflage
©Januar 2025 Nina Nell
Umschlaggestaltung: Nina Nell
Coverbild: Pixabay
Satz und Layout: Nina Nell
Verlag: BoD · Books on Demand GmbH,
Überseering 33, 22297 Hamburg, bod@bod.de
Druck: Libri Plureos GmbH,
Friedensallee 273, 22763 Hamburg
ISBN: 978-3-7693-9975-2

www.euphoria-lane.de

Eins.
Mit dir. Mit mir.
Mit der ganzen Welt
bilden wir eine Einheit,
schwimmen im Meer des Bewusstseins
und sind Alles und Eins.
Jetzt und hier.
Immer und überall.

1
ERWACHEN

Hannah saß neben ihr im Wagen und war in absolutem Frieden mit sich und der Welt. Marion sah sie immer wieder von der Seite an, beobachtete ihre Gedanken und blickte dann wieder stolz auf die Straße. Hannah hatte sich, während der Fahrt von der französischen Küste bis hierher, in einen anderen Menschen verwandelt. Die Schmerzen waren verflogen, der Kummer vergessen und die Tränen schon lange getrocknet. Es tat ihr nicht mehr weh, dass ihr geliebter Onkel sie verlassen hatte. Sie hatte es vollständig akzeptiert. Womöglich verstand sie es selbst noch nicht ganz. Ihr Kopf versuchte noch, dagegen anzukommen. Gegen den Frieden, den sie jetzt in sich spürte. Aber er schaffte es nicht. Sie hatten lange geredet und manchmal hatten sie an hübschen Orten Halt gemacht, um die Schönheit dieser Welt zu bewundern – die Natur, das rege Leben in Cafés und Restaurants, in denen sie gegessen hatten, den wunderbaren blauen Himmel. Marion hatte ihr beigebracht, wie sie vollständig akzeptieren konnte und ihr gesagt, dass jeder Schmerz sich in der Akzeptanz auflösen konnte.

»Es sind nicht die Gefühle, die dich quälen. Es ist dein Kampf gegen sie«, hatte sie ihr gesagt.

Und als Hannah das begriffen hatte, war der Schmerz vorbei gewesen. Schlagartig. In ihr war Frieden eingekehrt. Und Freude und Glück machten sich wieder in ihr breit. Sie schwebte gar auf einer Wolke der Verzückung und liebte die ganze Welt. Sie war schön, diese Welt. Das hatte sie jetzt erkannt. Es gab nicht nur Böses und Schmerzhaftes, gemeine Menschen und Kummer. Es gab durchaus Glück und Harmonie, Liebe, Freundschaft und Frieden.

»Du musst dich nur darauf konzentrieren und es überall – wo du auch bist – suchen«, hatte Marion ihr erklärt. »Dein Fokus verändert alles. Wenn du traurig bist, konzentriere dich auf etwas, das du liebst oder wofür du dankbar bist. Du wirst immer etwas finden. Immer. Und wenn du das tust und dich immer auf die schöne Seite des Lebens konzentrierst, wirst du immer glücklich sein.«

Doch es war noch etwas Anderes mit ihr geschehen. Es waren nicht nur diese Spielregeln des Lebens, die sie jetzt verstanden hatte und lebte und es war nicht nur der positive Fokus, der sie glücklich machte. Da war etwas in ihr aufgebrochen, das sie in einen anderen Menschen verwandelt hatte. Sie war zuvor schüchtern und ängstlich gewesen. Diese Eigenschaften hatte sie zuvor immer versucht, zu überspielen. Doch das musste sie jetzt nicht mehr. Sie zeigte sich plötzlich selbstsicher, mutig und entschlossen – und es war nicht gespielt, sondern kam aus ihrem Herzen. Weil sie nun spürte, dass sie in Ordnung war. Sie war richtig. Genauso wie sie war. Mit all ihren Schwächen und allen Gefühlen. Und einige dieser Gefühle waren dadurch einfach verschwunden. Die Wut auf ihre

Familie war weg und an dessen Stelle war Verständnis getreten und der feste Beschluss, ihren Weg zu gehen – egal, was ihre Familie dazu sagte. Anfangs hatte sie sich dagegen gesträubt, von Marion nach Hause gefahren zu werden. Doch jetzt freute sie sich sogar. Sie freute sich auf ihr neues Leben mit diesem neuen, glücklichen Ich. Sie war wie verwandelt.

Wieder sah Marion sie an und lächelte über ihr glückliches Gesicht. Sie hatte schon immer eine solche Wirkung auf Menschen gehabt. In ihrer Nähe waren die Menschen glücklich. Sie wusste nicht genau, wieso das so war. Sie löste irgendetwas in ihnen aus. Etwas, das sie friedlich werden ließ.

Es dauerte jetzt nicht mehr lange, bis sie da waren. Sie fuhren noch über die Autobahn und kamen gerade an einer größeren Stadt vorbei, die aus irgendeinem Grund Marions Aufmerksamkeit fesselte. Sie sah immer wieder die Schilder mit dem Namen der Stadt an und fühlte einen solch starken Drang, bei der nächsten Ausfahrt die Autobahn zu verlassen, dass sie sich kaum dagegen wehren konnte. Wie automatisch schwenkte sie nach rechts und fuhr ab.

Hannah sah sie fragend an. »Wo fahren wir hin?«

Marion starrte die Straße an, die sie entlang fuhr, als wüsste sie genau, wo sie hin wollte. Aber sie wusste es nicht. Ihr *Verstand* wusste es nicht. Doch ihr Herz schien es genau zu spüren. Irgendetwas in ihr übernahm die Kontrolle und es fühlte sich an, wie ihre Intuition oder wie ein verschütteter Teil von ihr, der langsam erwachte. Ihr Herz schlug auf einmal ganz schnell.

»Ich weiß es nicht«, antwortete sie gedankenversunken. »Vielleicht … essen wir hier nur ein Eis.« Sie wusste tatsächlich nicht, was sie hier wollte. Sie hatte nicht geplant, so kurz vor dem Ziel noch einmal Halt zu machen.

Als sie in die Stadt hinein fuhr, folgte sie einfach ihrem Gefühl. Irgendetwas zog an ihr. Und zwar ganz gewaltig. Wie an einem Seil wurde sie durch die Straßen gezogen. Und ihr Herzklopfen wurde immer stärker. Plötzlich fing etwas in ihr an, zu beben. In ihrem ganzen Körper kribbelte eine Energie, die sie noch nie zuvor gefühlt hatte. Ausgelöst durch etwas, das jetzt gerade in diesem Moment in dieser Stadt geschah. Das spürte sie deutlich. Hier war etwas, das sie wie ein Magnet anzog. Mit einer solchen Macht, dass ihr Verstand keine Chance hatte, etwas dagegen zu unternehmen.

Sie bog in eine Straße ein, fuhr bis ans Ende und kam an einem Gebäude an, aus dem laute Musik tönte. Sie hielt den Wagen an und runzelte die Stirn, während sie sich umsah, um herauszufinden, was dieses Gefühl in ihr auslöste. Sie vermutete, dass es aus dem Gebäude kam.

Hannah kurbelte das Fenster hinunter und sah dann Marion begeistert an. »Hey! Die spielen da drin Michael Jackson! Ich bin sein größter Fan! Können wir mal gucken gehen?«

Marion nickte wie in Trance und stieg mit ihr aus. Und dann passierte etwas, das ihr Weltbild nicht nur erschütterte, sondern es vollständig zum Einstürzen brachte. In dem Augenblick, in dem sie hinaus auf die Straße trat, zerfiel eine gewaltige Mauer in ihr. Sie explodierte geradezu durch die

Klänge, die aus diesem Gebäude kamen. Klänge, die etwas mit sich trugen. Leidenschaft, Euphorie, Ekstase und eine unglaubliche Energie. Irgendetwas ging in diesem Gebäude vor sich. Es erschütterte ihr ganzes Dasein, rüttelte an ihr und riss alle Schleier nieder, die sie in den letzten Jahren nie hatte durchblicken können. Und auf einmal lichtete sich ein dichter Nebel, der ihre Erinnerungen verborgen hatte. Er löste sich einfach auf und sie sah das erste Mal seit sechs Jahren klar. So klar, dass sie die Bilder völlig überwältigten.

Sie war verloren gewesen. Vor sechs Jahren an einem steinigen Strand aufgewacht, die Füße im kalten Wasser und vollkommen verlassen und allein. Ohne Erinnerungen daran, wer sie war, woher sie kam und warum sie hier war. Sie hatte sich immer gefragt, warum ihr diese Welt immer so fremd vorgekommen war. Und warum sie sich immer so anders gefühlt hatte. Fremd. So verschieden von den Menschen hier – ja, fast außerirdisch. Jetzt verstand sie es. Ihre Erinnerungen kamen mit einer solchen Wucht zurück, dass sie sich am Wagen festhalten musste, um nicht – wie erschlagen von den einströmenden Bildern – das Gleichgewicht zu verlieren. Ihre Beine zitterten, ihr Atem hastete und ihre Augen – die jetzt endlich wieder *wirklich* sehen konnten – füllten sich mit Tränen.

Sie hatte eine Familie. Und ihre Liebe zu ihr war so weit wie das Universum. Ein Mann – weise, sanft und liebenswürdig. Eine uralte, verspielte Seele voller Mitgefühl, Verständnis und Wissen. So viel Gefühl, so viel Liebe. Grenzenloser Frieden. Sie sah ihn! Sie sah ihn vor ihrem inneren Auge. Wie hatte sie ihn nur vergessen können? Wie war das geschehen?

Die Antworten strömten in ihr Bewusstsein, als sei sie ein Vakuum, das gerade in diesem Moment die ganze Welt einsaugte. Und nicht nur die Welt, sondern das gesamte Universum. Ihr Bewusstsein dehnte sich aus. Wurde so unendlich wie das All. Und es geschah in Bruchteilen von Sekunden. Sie sah alles, sie wusste alles und sie konnte alles fühlen. Nichts verbarg sich mehr vor ihr. Nichts. Ihr wurde schwindelig. Sie fasste sich an den Kopf und versuchte, tief durchzuatmen. Doch immer mehr Bilder strömten in ihr Bewusstsein. Immer mehr Wissen. Sie schnappte nach Luft, als ihr klar wurde, was in dem Gebäude vor sich ging.

»Maja Jenkins«, hauchte sie atemlos und blickte das Gebäude an. Dieses Mädchen, das dort drin auf der Bühne stand und in ekstatischer Euphorie die Einheit zelebrierte, hatte sie geweckt. Sie konnte sie sehen. Ihre glücklichen Augen, das Lachen, die Gänsehaut auf ihren Armen, weil ihr so viel Energie durch den Körper strömte. Eine Energie, die sich auf alles in ihrer Umgebung auswirkte. So auch auf sie. Sie hatte etwas in ihr angestoßen. Sie angeschubst. Sie hatte sie tatsächlich *geweckt*. Sie strahlte eine enorme Kraft aus.

In Marin bebte die Energie. So sehr, dass der Wagen unter ihrer Berührung ansprang. Hannah erschrak und Marion löste sofort die Hand vom Auto.

»Was war *das* denn?«, fragte Hannah, guckte kurz den röhrenden Motor an und als dieser wieder verstummte, sah sie Marion in die glasigen Augen.

Doch Marion reagierte kaum. Sie ging bereits auf das Gebäude zu. Sie wusste, was gleich geschehen würde. Und wen sie gleich sehen würde. Sie wusste alles ganz genau. Sie konnte dieses Wissen aus dem kollektiven Feld abrufen wie ein Computer seine Informationen aus dem Internet bezog. Sie war wieder angebunden. Sie fühlte sich, als sei ihr Kabel zum Universum gekappt gewesen und nun war es wieder repariert. Sie sah deutlich, wer gleich aus dem Gebäude treten würde. Und sie konnte vor freudiger Erwartung kaum ruhig atmen.

Die Menschen um sie herum starrten sie mit großen Augen an. Natürlich spürten sie ihre enorme Kraft. Sie brach gerade wieder aus ihr heraus. Die Leute konnten sich nur nicht erklären, *was* sie da spürten und was mit ihnen geschah. Sie erwachten. In dem Moment, in dem sie an Marion vorbei gingen, erwachten sie zu ihrer Größe. Der göttliche Kern in ihnen sprang an wie ein Motor.

Ein Mann begann zu weinen, als er sie ansah. Er wusste nicht warum und es war ihm peinlich, aber etwas brach aus ihm heraus. Sie hatte diese Wirkung auf Menschen. Die hatte sie schon immer gehabt. Doch sechs Jahre lang hatte sie nur einen Bruchteil davon gespürt. Jetzt erwachte ihre Macht wieder zu ihrer vollen Größe. Die vibrierende, bebende Energie, die alles anhob, was von ihrem Bewusstsein berührt wurde. Sie war Marin Riann Key. Die Königin von Lumenia.

Sie wusste es wieder. Alles kam zurück. Alles. Langsam entfernte sie sich von dem Wagen, ging etwas schwankend zu Hannah und nahm ihre Hand.

»Ist alles in Ordnung?«, fragte Hannah und sah sie dabei besorgt an. »Du zitterst ja! Soll ich einen Krankenwagen rufen?« Doch dann bemerkte Hannah ein Kribbeln, das von

Marions Hand ausgehend durch ihren Körper zog und irgendetwas mit ihr tat. Sie fühlte sich plötzlich, als würde sie schweben. Irgendetwas zog sie hinauf in ein unglaubliches Glücksgefühl.

»Nein«, sagte Marion lächelnd. »Alles ist perfekt.«

Und dann öffnete sich die Tür des Gebäudes. Ein Mann trat heraus, der eine Frau an der Hand hielt. Er war wunderschön. Dunkle Locken fielen ihm in die Stirn und seine eisblauen Augen fixierten Marion.

Hannah vermutete, dass er der Mann war, über den Marius geschrieben hatte. Der Mann, den er sowohl gehasst als auch bewundert hatte und der ihren Onkel getötet hatte. Er passte genau zu der Beschreibung. Und aus irgendeinem Grund wusste sie es ganz tief in ihrem Inneren. Er war dieser Nikolas Key. Der Mörder ihres Onkels. Ihr Verstand schrie und wollte wütend werden. Aber das Ganze verletzte sie jetzt nicht mehr. Alles war auf einmal in Ordnung. Warum wurde sie nicht wütend? Sie war in absolutem Frieden. Sie sah Marion an und spürte eine überwältigende Liebe von ihr ausgehen. Die Gefühle raubten ihr fast den Atem.

Marion atmete tief ein, als sie Nikolas sah. Sein Anblick erschütterte ihr Herz und Wärme erfüllte ihr ganzes Sein. So viel Wärme. Die Liebe, die sie für ihn empfand, durchströmte jede Faser ihres Körpers und erfüllte ihre ganze Existenz. Nikolas. Wie lange hatte sie auf diesen Augenblick gewartet!

Plötzlich erklang ein lautes Rauschen, das ihr sehr bekannt vorkam. Sie wandte sich um und sah, wie aus dem Nichts eine Armee mitten auf dem Parkplatz erschien. Menschen in ungewöhnlichen Uniformen, stramm stehend und mit ebenso überwältigten Gesichtern. Es waren Gardisten aus Lumenia. Es mussten um die 50 sein. Marin sah, wie auch ihr Mann an der Spitze der Garde erschien und sie liebevoll anlächelte. Sie lächelte glücklich zurück und schenkte ihm ihre Wellen der Liebe. Endlich wusste sie wieder, wonach sie sich all die Jahre gesehnt hatte. Sie lächelte und wandte sich dann wieder Nikolas zu, der vor Aufruhr zitterte.

»Ich habe dich vermisst«, sagte sie zu ihm, woraufhin ihm eine Träne über die Wange rollte. »Mein Sohn.«

2

ABSTURZ

In diesem Moment gab es keine einzige mentale Mauer. Lucy spürte jedes Gefühl und hörte jeden Gedanken. Sie zitterte ebenso wie Nikolas. Seine Aufruhr durchzog ihren ganzen Körper und mischte sich mit ihren eigenen Gefühlen. Ihrem Staunen, ihrer Bewunderung und ihrer Ehrfurcht vor der Frau, die von den Lumeniern so lange gesucht worden war. Sie stand einfach da – wie aus dem Nichts aufgetaucht. Eine Schönheit wie aus einem Gemälde mit einer solch erhabenen, königlichen Ausstrahlung, dass man vor Ehrfurcht erstarrte. Die Menschen auf dem Parkplatz blieben alle stehen und sahen sie an. Ihre Blicke hafteten nicht an der imposanten Armee in den außergewöhnlichen Uniformen, sondern nur an ihr. Offenbar spürte hier jeder ganz genau, dass sich die Aufmerksamkeit nur auf einen einzigen Menschen konzentrierte. Auf Marin Riann Key – die verlorene Königin von Lumenia.

Lucy spürte solch starke Glücksgefühle von den Gardisten ausgehen, dass sie selbst vor Glück fast abhob und gleichzeitig spürte sie eine unendliche Erleichterung in Nikolas' Brust aufsteigen. Ihm fiel ihn diesem Moment eine solche Last von den Schultern, dass er immer wieder aufatmete, um die Leichtigkeit zu spüren, nach der er sich so sehr gesehnt hatte. Wie sehr hatte er diesem Tag entgegen gefiebert und wie oft hatte er sich diesen Moment ausgemalt. Hunderte, tausende Male hatte er sie in Gedanken gesehen, wie sie vor ihm stand und genau diese Worte zu ihm sagte: *Ich habe dich vermisst, mein Sohn.*

Auf einmal schmunzelte die Königin. Sie hatte seine Gedanken genau gehört. Dann wanderte ihr Blick über Nikolas' Schulter hinweg direkt zu Taro und ihr Gesicht wurde sehr weich und liebevoll. Sie neigte ein wenig den Kopf zur Seite und lächelte.

Taro sagte nichts. Und er dachte nichts. Er war nicht dazu in der Lage. Lucy spürte, wie er versuchte, das Chaos seiner Gefühlsausbrüche unter Kontrolle zu bringen, was ihm seine vollständige Aufmerksamkeit abverlangte. Und während er mit den Tränen kämpfte, schien die Königin alle Informationen in sich aufzusaugen, die sie in den letzten Jahren verpasst hatte. Alle Ereignisse, alle Gedanken, alles, was passiert war. Sie rief alles ab wie von einer kollektiven Festplatte. Dabei durchsuchte sie nicht nur Nikolas' Gedanken und Erinnerungen, sondern auch Lucys, Miriams, Hilars und Taros. Lucy konnte all das spüren. Sie wusste nicht, wie das möglich war, aber sie spürte genau, welche Information sie sich gerade einverleibte. Es waren keine Gedanken, die sie hörte. Es waren Informations- und Bewusstseinsströme. Und es geschah innerhalb von Sekunden. Und jeder auf diesem Platz ließ sie frei gewähren. Es gab keine mentalen Mauern mehr. Sie waren eingerissen. Vollkommen in Luft aufgelöst. Und Lucy hatte endlich wieder Zugang zu den Menschen, die ihr so viel bedeuteten. Zu ihren Gedanken und Gefühlen. Endlich erhielt sie wieder Informationen. Sie wurde nicht mehr ausgeschlossen. Und das machte sie so glücklich, dass sie jeden einzelnen Lumenier am liebsten umarmt hätte. Es hatte sie in den letzten Wochen so sehr geschmerzt, nicht zu wissen, was hier vor sich ging.

Als die Königin in den Gedankenströmen sah, was Taro vor Kurzem für einen halsbrecherischen Plan verfolgt hatte, machte sie ein verstörtes Gesicht. Man konnte sofort den Schmerz in ihren Augen sehen. Und Lucy erkannte zum ersten Mal, warum Taro die Energie in dieser Welt *wirklich* hatte anheben wollen. Er hatte damit nicht verhindern wollen, dass Lumenia von den negativen Schwingungen der Gegenwelt mit hinab gerissen wurde. Er hatte einen ganz anderen Plan verfolgt. Er wollte die Königin mit der rapide ansteigenden Energie *wecken*. Er hatte – genauso wie Nikolas und jeder andere Lumenier – immer daran geglaubt, dass sie sich noch irgendwo auf dieser Welt befand. Und er hatte auch vermutet, dass sie aus irgendeinem Grund all ihre Kräfte verloren hatte. Die Energie des Lumenischen Kristalls in diese Welt zu leiten und ihre Schwingungen anzuheben, galt nur dem Zweck, die Kräfte der Königin wieder zum Leben zu erwecken – wo auch immer sie war. Und er hätte seinen eigenen Tod und den Tod unzähliger Menschen dabei in Kauf genommen. Diese Tatsache verstörte die Königin sichtlich und jeder auf diesem Platz konnte das spüren. Sie nahm alle Gefühle wahr, die Taro während dieser Zeit gespürt hatte. Die Vergangenheit spielte sich in ihr ab, als würde sie jetzt in diesem Moment noch einmal geschehen und sie spürte nicht nur Taros Emotionen dabei, sondern die aller Beteiligten. Lucys Ängste zu dieser Zeit waren ihr ebenso präsent wie Miriams Wut und Hilars Energieverlust, als er Miriams Familie hatte retten wollen. Sie spürte sogar die Gefühle der Verfolger und sie nahm auch Marius war. Seine Gedanken, seine Emotionen, seinen inneren Kampf und seinen Tod. All das brach über sie herein und erschütterte sie wie ein emotionales Beben. Nikolas ließ Lucys Hand los und ging ein paar Schritte auf seine Mutter zu, die jetzt mit großen Augen um sich blickte, die Menschen um sich herum betrachtete und bei jedem Gefühl, das ihr dabei entgegen kam, ein wenig erschauderte.

Was ist mit ihr?, hörte Lucy Miriams Stimme in ihrem Kopf.

Es ist zu viel!, antwortete Hilar ihr. *Zu viele Gedanken, zu viele Gefühle.*

In diesem Moment stürmte Thomas auf die Königin und das Mädchen, das sie an der Hand hielt, zu und rief: »Hannah?! Hannah!«

Das Mädchen erblickte ihn und wartete seelenruhig, bis er sie erreicht hatte und sie erleichtert in den Arm nahm.

»Gott sei dank geht es dir gut!«, sagte er den Tränen nahe. »Wir haben uns solche Sorgen gemacht!«

Lucy kam es vor, als seien nicht Sekunden, sondern Stunden vergangen, seit Marin hier aufgetaucht war. So viele Gedanken und Gefühle und so viele Informationen schwirrten hier durch die Luft. Sie nahm so viel wahr wie noch nie in ihrem Leben und dieser kleine Augenblick dehnte sich so sehr aus, dass sie schon glaubte, mit der Zeit stimme etwas nicht. Sie schien wie stehengeblieben. Doch die nächsten Momente rasten so schnell vorbei, dass es fast unmöglich war, mitzubekommen, was geschah.

Es war nur der Funke eines Gefühls, das Lucy wahrgenommen hatte, doch dieser Funke löste eine Reihe von Reaktionen aus, die beinahe alle gleichzeitig stattfanden. Marin nahm die Gefühle der Vergangenheit und der Gegenwart so intensiv wahr, dass sie davon völlig überwältigt wurde und drohte abzustürzen. Ihre Macht und ihre Fähigkeiten kamen mit solch brachialer Gewalt zu ihr zurück, dass sie mit all den Eindrücken zunächst nicht umgehen konnte.

In diesem Moment lief Nikolas auf sie zu und schloss sie in seine Arme. Nicht nur, um sie nach all den Jahren endlich wieder im Arm halten zu können, sondern weil er so ihre Schwingung anheben wollte, um zu verhindern, dass sie zu sehr absank. Im selben Moment lief die Gardistenarmee los. Allen voran Quidea, der eine beeindruckende Schnelligkeit und Geschmeidigkeit beim Rennen an den Tag legte. Auch Taro lief zu ihr.

Lucy spürte, wie Nikolas die Energie seiner Mutter anhob. Marin hielt ihren Sohn fest und weinte vor Glück. Unablässig liefen ihr Tränen über das lächelnde Gesicht, während sie einfach zuließ, was geschah. Ihre Schwingungen hoben sich wieder an, die Armee erstarrte und irgendjemand rief: »Niko, nicht!«

Lucy fuhr herum und sah Mika neben ihrem riesigen Hund stehen. Ihr Gesicht war fürchterlich besorgt und in ihren Gedanken spielte sich eine Zukunftsvision ab, die sie zutiefst erschreckte. Eine Vision, die in diesem Moment auch alle anderen Lumenier sahen. Auch Nikolas. Doch es war zu spät.

Er hatte ihr helfen wollen. Doch vor lauter Schuldgefühlen, die ihn noch aus der Vergangenheit plagten, hatte er nicht gesehen, dass er genau das Gegenteil damit bewirken würde. Die zusätzliche Energie, die er seiner Mutter schenkte, hob sie so sehr an, dass auch der letzte Funke in ihr erwachte und die letzten Energien und Fähigkeiten in ihr in Bewegung kamen. Doch jetzt nahm sie nicht mehr nur die Emotionen und Gedanken der Menschen auf diesem Platz wahr, sondern das kollektive Bewusstsein der gesamten Welt.

Lucy hatte sich keine Vorstellung davon machen können, wie mächtig die Königin wirklich war, als Taro von ihr erzählt hatte. Doch jetzt sah sie es. Sie war – wie jeder andere Mensch – mit der gesamten Welt verbunden. Ein Teil eines kollektiven Netzes. Doch im Gegensatz zu allen anderen konnte sie die gesamte Welt auch *spüren*. Jeden Schmerz, jeden Kummer, all das Leid und den unaufhörigen Kampf der Menschen. Die Gefühle überwältigten sie mit einer Gewalt, die sie in die Knie zwang. Ihre Tränen des Glücks verwandelten sich in Tränen des Leids. Lucy hörte sie aufstöhnen und sah, wie sie in Nikolas' Armen zusammensank. Sofort liefen die Gardisten wieder los. Nikolas hob sie auf seinen Arm und gehorchte den Worten seines Vaters, der ihm geradezu befahl, sie sofort nach Lumenia zu bringen. Er rannte mit seiner Mutter sofort die

Straße hinunter und die gesamte Armee lief mit ihm. Hilar, Miriam, Mika, Maja und auch Taro folgten ihnen nach.

Doch Lucy blieb zurück. Schon wieder. Sie stand allein mit ihrer und Miriams Familie auf dem Platz und sah ihnen nach, wie sie die Königin nach Hause brachten. Und wieder spürte sie den Schmerz, nicht dazuzugehören und von Nikolas verlassen zu werden. Sie war nicht mehr wichtig für ihn. Und obwohl dieses Gefühl nur noch ganz zaghaft in ihr hervorlugte, spürte sie es deutlich genug, um in eine tiefe Traurigkeit zu sinken, die ihr das anfängliche Glücksgefühl, ihren Nikolas endlich wieder zu haben, aus dem Körper trieb. Hatte sie diesen Glaubenssatz – unwichtig zu sein – nicht aufgelöst? Oder war es nur die Gewohnheit, welche dieses Gefühl erneut in ihr Bewusstsein schickte?

Sie senkte den Kopf und wollte sich schon zu ihrer Familie umdrehen, um ihnen die Situation zu erklären, da spürte sie plötzlich die Gegenwart ihres neu gewonnenen Freundes. Taro. Sie hob den Kopf und blickte voller Hoffnung die Mauer an, die den Parkplatz eingrenzte. Dorthin waren gerade alle Gardisten mit Marin verschwunden – ohne sie mitzunehmen. Und dann, nur einen kurzen Moment später, kam Taro noch einmal zurück. Er kam um die Ecke gelaufen und blieb abrupt stehen, als er Lucy da stehen sah.

Was stehst du da so 'rum? Komm schon!, erklang seine tiefe Stimme in ihrem Kopf, wobei er eine auffordernde Handbewegung machte.

Lucy zögerte. Obwohl ihr Herz vor Glück Luftsprünge machte. Da lief Taro einfach zu ihr, nahm ihre Hand und rannte mit ihr los. So schnell, wie Nikolas mit ihr gelaufen war, als sie ihm zum ersten Mal begegnet war. Doch dieses Mal stolperte sie nicht mehr über ihre eigenen Füße. Sie schien Flügel zu haben. Und der Mann, der sie ihr verlieh, lächelte sie an und sagte: »Du willst wohl, dass ich dich noch mal verführe, um dir diesen beknackten Glaubenssatz endgültig auszutreiben?«

Sie lachte herzhaft und lief mit ihm bis zu einem Fluss, in den sie ohne zu zögern hinein sprangen, um von dem Licht seines Portalschlüssels erfasst und in die Welt getragen zu werden, die auf Rettung hoffte.

3
Geheimnisse

»**S**ie bleibt!«, rief Hilar wütend.

Lucy lief mit Taro in die Halle des Zentrums – das Gebäude, in dem Linn arbeitete. Hilar und Miriam standen dort einigen blauen Gardisten gegenüber und schienen mit ihnen zu streiten. Hilar hatte schützend einen Arm um Majas Schultern gelegt, die etwas verängstigt neben ihm stand und den Kopf einzog. Lucy konnte nicht schnell genug erfassen, was dort vor sich ging. Ihr alter, begrenzender Glaube, nicht wichtig zu sein, hatte sich noch nicht ganz verflüchtigt, weshalb ihre mentalen Fähigkeiten etwas schwächelten.

Mika diskutierte lautstark mit den blauen Gardisten. Und Taro, ihr Berghund, bellte nach jedem Satz, den sie sprach, als wollte er ihre Worte bekräftigen. »Vergesst nicht, dass *sie* die Königin gefunden hat! Ohne Maja würden wir sie jetzt immer noch suchen! Sie bleibt hier!«

Taro stellte sich mit Lucy zwischen die streitenden Parteien und bedeutete ihnen mit nur einem Blick, dass sie sich zur Kontrolle rufen sollten. Alle Anwesenden beruhigten sich sofort.

Hilar war der erste, der wieder das Wort ergriff, um Taro und vor allem Lucy zu erklären, was los war. »Sie wollen

Maja zurückschicken!«, klärte er die beiden auf. »Sie befürchten, sie könnte mit ihren Gedanken…«

»Sie bleibt«, unterbrach Taro ihn und sah die blauen Gardisten mit einem befehlenden Gesichtsausdruck an. »Sie hat noch nie irgendeinen Schaden angerichtet und sie war schon mindestens zwanzig Mal hier.«

Die Gardisten rissen vor Schreck die Augen auf und blickten Maja entsetzt an. Dann sahen sie wieder zu Taro auf. »Das ist nicht möglich. Das hätten wir bemerkt.«

Taro lachte leise in sich hinein und zwinkerte Mika zu, von der er wusste, dass sie – ohne, dass es die blaue Garde je mitbekommen hatte – schon lange zuvor die Gegenwelt bereist hatte. Und natürlich hatte sie auch einen Weg gefunden, ihre neue Freundin Maja unbemerkt in Lumenia einzuschleusen. Er nahm Maja an die eine Hand, Lucy an die andere und sagte: »Diskussion beendet!«, woraufhin er mit ihnen weiter die Halle durchschritt.

»Ist das wahr?«, fragte Miriam ihre kleine Schwester, als sie durch die Korridore liefen.

Maja wurde rot und nickte verlegen. Und zum ersten Mal sah Miriam Bilder und hörte Gedanken im Kopf ihrer kleinen Schwester. Sie war tatsächlich schon so oft nach Lumenia gereist, dass dieses Land mittlerweile zu ihrer zweiten Heimat geworden war. Als Miriam dann auch noch einen Jungen in ihrem Kopf sah, klappte ihr geradezu der Unterkiefer runter.

»Du hast hier sogar schon einen Freund??«

Jetzt sah ihr Gesicht fast aus wie ein Liebesapfel, so rot wurde sie. In diesem Moment rief jemand ihren Namen. Sie drehten sich alle um und sahen einen dunkelhäutigen Jungen auf Maja zu laufen. Er war sehr hübsch und lächelte glücklich, als er Majas Hand nahm.

»Willem«, sagte Taro und lächelte wissend, »ich habe mich schon gefragt, wann du auftauchst.«

»Du wusstest darüber Bescheid?«, fragte Miriam empört.

»Sie gehören zusammen. Das war schon klar, bevor sie sich begegnet sind«, erklärte Mika. »Aber sie mussten es geheim halten. Es durfte ja niemand wissen, dass Maja aus der Gegenwelt kommt.«

Miriam verstand gar nichts mehr und verlieh ihrer Verwirrung mit einem herzhaften »Hä?« Ausdruck.

»Aber, haben es die Lumenier nicht sofort gespürt, als Maja ihre Welt betreten hat?«, fragte Lucy jetzt und sah ebenso verwirrt aus wie ihre Freundin. »Ihr spürt doch das Bewusstsein eines Menschen. Also seht ihr doch auch, wenn jemand nicht von hier ist. Oder?«

»Sie hat sie getarnt«, antwortete Taro ihr beiläufig.

»Und wie?«, fragte Hilar voller Neugier.

Nach all der Geheimniskrämerei in den letzten Monaten, dachte Lucy, hatten Maja und Mika offenbar das größte Geheimnis von allen verborgen. Sie war geradezu entsetzt, dass Maja die ganze Zeit über alles Bescheid gewusst und mit Mika einen eigenen Plan verfolgt hatte, die Königin zu finden. Eine Königin, von der Lucy bis vor Kurzem nicht einmal etwas gewusst hatte. Auf einmal schien ihr Maja so erwachsen. Wie hatte sie das alles ganz allein mit diesem kleinen Mädchen bewältigt? Und wie hatte sie ihr Wissen die ganze Zeit verheimlichen können? Plötzlich wurde ihr klar, warum bisher niemand ihre Gedanken hatte lesen können. Nicht einmal Nikolas war dazu in der Lage gewesen. Lucy sah die kleine Schwester ihrer besten Freundin mit großen Augen an. Offenbar verfügte sie über eine Macht, die ihnen allen noch nicht einmal im Entferntesten bewusst war.

»Mika?!«, sagte Taro jetzt und warf Mika einen erwartungsvollen Blick zu, um sie aufzufordern, die Sache aufzuklären.

Mika versuchte, all ihren Blicken auszuweichen und streichelte ihrem Hund hektisch über den Kopf. »W… wollen wir nicht erst mal zur Königin? Wir können das doch später besprechen.«

»Ja, sie hat recht«, sagte Willem auf einmal und ging mit Maja voraus. »Wir sollten sehen, ob es ihr gut geht.«

Sie verheimlichten schon wieder etwas. Doch erst einmal folgten sie ihnen mit skeptischen Gesichtern, aber schnellen Schritten durch die Flure. Sie hatten später noch genügend Zeit, ausgedehnt mit Maja und Mika zu sprechen.

Vor einer der Türen gab es einen regelrechten Gardistenauflauf. Sie wollten sich gerade durch die Menschenmassen drängen, da schickte Taro einen einzigen Gedanken durch den Flur, woraufhin ihm sofort alle Platz machten. Er schob Lucy voran, zog Maja hinter sich her und der Rest folgte ihnen nach. An der Tür angekommen, sah Lucy Nikolas' Schulter und sein lockiges Haar. Sie ging sofort hinein, blickte um die Ecke und erschrak vor seinem Gesicht. Es schien völlig erstarrt. Seine Augen waren wässrig, seine Zähne zusammengebissen, wodurch seine Kiefermuskeln hervortraten und seine Hände waren zu

Fäusten geballt. Er versuchte mit aller Macht, seine Emotionen unter Kontrolle zu halten, doch es schien ihm wahnsinnig schwer zu fallen.

Taro seufzte hinter Lucy, ließ sie los und klopfte seinem Bruder beim Vorbeigehen auf die Schulter. Dabei hörte sie, wie er ihm ein paar aufbauende Worte schickte. Und er klang dabei so nett und liebevoll, dass es fast klang wie aus einem falschen Film. Sie sah ihn groß an, doch er ging gleich weiter zu dem Bett auf dem seine Mutter lag und scheinbar schlief. Linn bewegte ihre Hände über ihrem Körper rauf und runter und Quidea stand daneben, hielt die Hand seiner Frau fest und machte ein besorgtes Gesicht. Doch sie fühlte in diesem Raum keine Emotionen. Sie alle verbargen sie so gut, dass angesichts der besorgniserregenden Realität eine verwirrend angenehme Atmosphäre herrschte.

Als Lucy einen Schritt auf Nikolas zu machte und seine Hand ergriff, wandte er seinen Blick schweren Herzens von seiner Mutter ab und sah sie an.

»Es ist nicht deine Schuld«, flüsterte sie. Sie wollte die Ruhe in diesem Raum nicht stören, indem sie allzu laut redete. Doch sie hörte keine Reaktion aus seinem Kopf. Und sie spürte auch keine Emotionen. Er war tatsächlich wie erstarrt. »Sie wird schon wieder«, sagte sie leise. »Sie ist die Königin von Lumenia! Denkst du, so etwas haut sie um?«

»Amen!«, rief jemand hinter ihr. Das war Hilar und reckte seine freie Hand in die Luft, um ihre Worte mit einer übertriebenen Geste zu segnen. Mit der anderen Hand hielt er Miriam fest.

Endlich schmunzelte Nikolas wieder und schüttelte

langsam den Kopf. Dann zog er Lucy an sich heran und nahm sie fest in den Arm.

Lucy brach vor Glück fast in Tränen aus. Sie hatte das Gefühl, als habe sie ihn eine Ewigkeit nicht mehr so gespürt wie in diesem Moment. Sie hielt ihn fest. So fest, dass er leise schnaufte. Und obwohl er seine Gefühle in diesem Moment verbarg, um nicht eventuell irgendeinen Schaden in Lumenia anzurichten, spürte sie seltsamerweise genau, was er gerade empfand. Seine Liebe zu ihr war so tief und innig, dass sie dabei sofort abhob. Ihre Glücksgefühle explodierten in ihr und strömten durch das ganze Gebäude. Es war ihr egal, dass vermutlich ganz Lumenia in diesem Moment spürte, was sie empfand. Wie gut es sich anfühlte, ihn im Arm zu halten und seine Liebe zu fühlen. Sie hätte es am liebsten in die ganze Welt hinaus gebrüllt. Das ganze Universum sollte es wissen! Sie liebte ihn! Sie liebte ihn so sehr!

Er hauchte ein leises Lachen aus und streichelte ihr über den Rücken. »Ich liebe dich auch, Lucy. Immer.«

Erneut erfasste sie eine Glückswelle und trug sie davon. Sie hatte sich geirrt. Er liebte sie noch immer. Auch, wenn sie es nicht verstand. Bei allem, was sie in den letzten Wochen getan und vor allem gefühlt hatte, brachte er ihr nicht einmal einen Hauch von Wut, Traurigkeit oder Vorwürfen entgegen. Er liebte sie, als wäre nichts geschehen. Sie wusste zwar nicht, wie er das fertig brachte, aber sie war ihm unendlich dankbar dafür.

»Wird Zeit, dass du ihr die Sache mal erklärst, Nik«, sagte Hilar auf einmal. »Du weißt schon. Das mit dem Schicksal.«

Lucy sah ihn irritiert an. »Schicksal? Ich dachte, so etwas gibt es nicht.«

Hilar hob vielsagend die Augenbrauen. »Naja, manchmal…«, begann er und drehte sich dabei nach jemandem um, »Maja kann dir das ja jetzt auch sehr gut erklären, nicht wahr?!«

Doch Maja war verschwunden. Genauso wie Mika, der riesige Berghund und Willem, Majas Freund. Sie alle spürten in diesem Moment, dass hier etwas sehr Bedeutendes vor sich ging. Etwas von entscheidender Wichtigkeit, dass sie ihnen verschwiegen hatten und weshalb sie jetzt auch verschwunden waren. Taro lief sofort aus dem Raum, kam aber noch einmal kurz zurück, um zu sagen: »Es wäre besser, wenn ihr jetzt geht. Unsere Mutter braucht Ruhe und eure Familien eine Erklärung. Ich suche in der Zeit Maja.«

Alle willigten ein und verließen den Raum ebenfalls. Doch nicht, ohne noch einmal nach der Königin zu sehen, die so friedlich dalag, als wäre alles in bester Ordnung. Doch das war es nicht. Es war gar nichts in Ordnung. Das spürten sie bis ins Mark.

4
DIE URSACHE

Taro lief wie vom Teufel gejagt durch die Stadt. Keiner von ihnen hatte Mikas Geheimnis so deutlich gespürt wie er. Das kleine Wunderkind schaffte es einfach nicht, sich komplett vor ihm zu verschließen. Ihre Gedanken waren zwar manchmal zu verschleiert für ihn, um sie zu deuten, doch meistens sah er genau, was in ihr vorging. Bei dieser Sache jedoch hatte sie eine solch starke mentale Mauer errichtet, dass es sogar ihm schwer gefallen war, sie zu überwinden. Aber er hatte genau gespürt, wie katastrophal die Information war, die dahinter verborgen lag. Sie steuerten geradewegs auf ein Unglück zu.

Die Straßen waren voller Menschen. Alle sprachen über die Königin und machten glückliche und erleichterte Gesichter. Doch, als sie Taro durch die Straßen rennen sahen, wurden sie spürbar nervös. Er verbarg seine Gedanken und Gefühle zwar, aber das änderte nichts an seinem besorgten Gesichtsausdruck. Als er in die Euphoria-Lane einbog, die Vergnügungsstraße und die große Sehenswürdigkeit in Lumenia, sah er bereits Maja in ihrem glitzernden Kostüm, das sie bei ihrem Auftritt getragen hatte. Sie ging mit Mika und Willem gerade in den Magica-Laden. Er wurde von einem Mann geführt, der sich darauf spezialisiert hatte, Gegenstände zu programmieren. Auch Taro hatte sich in seinem Laden schon Gegenstände angesehen. Magische Amulette, Ringe, Ketten, Steine und diverse andere Dinge. Doch Taro programmierte sich seine Gegenstände lieber selbst.

In der Euphoria-Lane ging er langsamer. Zumindest hier wollte er die Leute nicht nervös machen. Die Straße trug diesen Namen nicht zufällig. Es war hier geradezu verboten, negative Schwingungen zu verbreiten. Allein schon, um das Spiel der Götter zu ehren, das am Ende der Straße mit der Euphoria-Skulptur symbolisiert wurde. Gemächlich und entspannt ging er auf den Laden zu, nickte den Leuten zu, die ihn freundlich grüßten und bedankte sich für die zahlreichen guten Wünsche für seine Mutter. Als er dem Laden immer näher kam, spürte er, dass Mika seine Gegenwart wahrgenommen hatte und nun versuchte, aus dem Hinterausgang zu flüchten. Da rannte er nun doch los, stieß die Tür auf und schnappte sich Mika, noch bevor sie sich einen Weg durch den Laden bahnen konnte. Er kniete sich sofort zu ihr hinunter und umfasste fest ihre Schultern.

»Du sagst mir jetzt sofort, was ihr getan habt!!«, verlangte er.

Ihre großen, dunklen Augen sahen ihn ängstlich an, was ihn sehr irritierte. Mika war noch nie ängstlich gewesen. Dafür war sie einfach zu weise.

»Egal, was es ist«, sagte er und versuchte, beruhigend zu klingen, »wir kriegen das wieder hin. Aber ich kann dir nicht helfen, wenn du schweigst.«

»Sag es ihm«, riet ihr Willem und stupste sie seitlich an. »Er kann uns bestimmt helfen.«

Maja stand ein wenig abseits von allem und versuchte, ihre Schuldgefühle unter Kontrolle zu bringen. Neben ihr saß Mikas Hund und leckte ihr beruhigend die Hand.

»Wir…«, begann Mika, »nein, *ich*«, verbesserte sie sich, »habe einen programmierten Stein… *um*programmiert.« Sie holte tief Luft, bevor sie weitersprach. »Ich musste doch Maja irgendwie nach Lumenia kriegen und da habe ich einen Schutzstein hier im Laden geholt und ihn zu einem… Tarnstein gemacht.«

Taro hielt die Luft an. »Du hast ihre Tarnung«, dabei zeigte er auf Maja, »in einen manifesten Gegenstand gespeichert??«

Mika nickte schuldbewusst. »Ich konnte ja nicht ständig händchenhaltend mit ihr durch die Gegend laufen, um sie mit meinem Bewusstsein zu tarnen. Ich brauchte irgendeinen Gegenstand, der sie tarnt, so lange sie hier ist. Ich wollte die Programmierung ja auch wieder auflösen, aber…«

»Aber??«, fragte Taro ungeduldig.

»Ich habe ihn zu stark programmiert. Ich kann es nicht umkehren.«

»Kannst *du* das nicht machen?«, fragte Willem Taro. In seinen Augen funkelte Bewunderung. Er sah zu Taro auf. So wie jeder Junge in diesem Land zu ihm aufsah.

»Wo ist der Stein?«, fragte Taro.

»Bei Maja zu Hause.«

»Ihr habt ihn bei ihr ZU HAUSE gelassen??« Seine Stimme

gellte durch den ganzen Laden und die Kinder schreckten allesamt zusammen. Taro stand sofort auf, nahm Mika an die Hand und wollte schon aus dem Laden stürmen, da zerrte sie an ihm und zwang ihn damit, noch einmal stehen zu bleiben.

»Ich muss dir noch etwas sagen.«

Taro holte tief Luft. »Was kommt jetzt noch?«

Doch dieses Mal klärte Willem ihn auf, von dem er wusste, dass er mindestens genauso weit in die Zukunft sehen konnte wie Mika. Er war ein sehr mächtiger Junge und verfügte über Fähigkeiten, die so manchen erwachsenen Lumenier in die Tasche steckten, was allerdings nichts Ungewöhnliches war. Es kam öfter vor, dass Kinder in Lumenia mächtiger waren als Erwachsene, was wohl daran lag, dass sie die Welt noch ganz anders betrachteten.

»Dieser Stein«, sagte der Junge, »ist mit so viel Kraft aufgeladen, dass er«, er warf Mika kurz einen beeindruckten Blick zu, »wie ein Portalschlüssel wirkt.«

Taro schien in diesem Moment alles aus dem Gesicht zu fallen. »Das ist nicht dein Ernst«, flüsterte er.

»Doch. Wir haben es ausprobiert.«

»Ihr seid ohne Portalschlüssel durch die Welten gereist??« Er schrie schon wieder und hätte sich am liebsten die Haare gerauft. »Seid ihr WAHNSINNIG??« Mit aller Kraft versuchte er, sich schnell wieder zu beruhigen. Er wollte mit seinen Gefühlsausbrüchen keinen Schaden in Lumenia anrichten.

»Das ist aber noch nicht das Schlimmste«, sagte Mika nun kleinlaut.

»Bitte nicht«, seufzte Taro und wischte sich verzweifelt über das Gesicht.

Willem schluckte und holte noch einmal tief Luft, bevor er Taro erklärte, was er in der Zukunft gesehen hatte. »Dieser programmierte Stein wird…«, begann Willem zögerlich und seufzte dabei, »den Untergang Lumenias verursachen.«

5
DIEB

Miriam schloss lachend die Haustür auf und schubste Hilar ins Haus, der ihr in den Po gezwickt hatte. Nach ihnen kamen Miriams und Lucys Familien herein, gefolgt von Lucy und Nikolas und der kleinen Hannah mit ihrem Onkel, Thomas. Während der Fahrt hatten sie sich ausgedehnt unterhalten und keine Rücksicht darauf genommen, dass Thomas weder über Lumenia noch über irgendwelche übersinnlichen Kräfte oder Portalschlüssel im Bilde war. Deshalb hatte David, Lucys Bruder, während der Fahrt immer wieder ein wenig Aufklärungsarbeit geleistet und dabei Thomas' bewundernde Blicke genossen. Als Thomas gefragt hatte, ob es ein solcher Portalschlüssel gewesen war, den sein Bruder Marius so dringend hatte haben wollen, hatten sie alle stumm genickt und ihm daraufhin erklärt, dass Marius damit seiner geliebten Marin die Erinnerungen hatte zurückbringen wollen. Er konnte sich natürlich kaum vorstellen, dass es ein Land wie Lumenia wirklich gab, doch die Gespräche im Auto schienen ihn dennoch schwer beeindruckt zu haben. Hilar hatte gemeint, es mache nichts, wenn er über alles Bescheid wüsste, da sowieso irgendwann die ganze Welt von Lumenia erfahren würde. Sie hofften jedoch alle, dass dies im positiven Sinne geschehen würde.

Sie setzten sich alle zusammen ins Wohnzimmer, tranken Tee und aßen Kuchen, den Miriams Mutter zur Feier des Tages vorbereitet hatte. Es war ein entspanntes Beisammensein, in dem sich Miriam unendlich wohl fühlte. Es war das erste Mal seit vielen Jahren, dass ihre Familie friedlich und ohne sich zu streiten oder anzuschweigen, zusammen saß. Lucy konnte Miriams Glück in jeder Zelle ihres Körpers fühlen und lächelte ihr immer zu, wenn wieder eine Glückswelle zu ihr hinüber schwappte. Es war schön, sie dabei zu beobachten, wie sie voller Glückseligkeit ihre Familie bewirtete, immer wieder mit glücklichem Gesicht neuen Tee herein brachte und jedes ihrer Familienmitglieder nach Strich und Faden verwöhnte. Miriam war dabei so glücklich wie ein kleines Kind, das etwas geschenkt bekommen hatte.

Hilar lachte, als sie schon wieder aufstehen wollte und kniff ihr erneut in den Po. Sie haute ihm lachend auf die Finger, doch er verteidigte sich mit den Worten: »Entschuldige. Ich glaube, da sind ein paar Hummeln drin. Wollte sie nur vertreiben.«

Es war so schön und so fröhlich, dass Lucy kaum glauben konnte, dass es jemals anders gewesen war. Es schien alles wieder gut zu sein. Doch, als sie alle auf die Königin von Lumenia zu sprechen kamen, erinnerte sie sich daran, dass die Sache noch nicht ausgestanden war. Nikolas erklärte die Situation mit folgenden Worten: »Auch wenn ich es nicht gern sage, aber sie hat Glück gehabt, dass sie all ihre Erinnerungen verloren hat, als sie in diese Welt abgestürzt ist. Hätte sie diese Welt mit vollem Bewusstsein betreten, wäre sie daran vermutlich zerbrochen.«

»Wie hat sie es nur geschafft, in dieser Welt zurechtzukommen?«, fragte Miriam jetzt voller Staunen. »Sie war dieses Chaos hier doch gar nicht gewöhnt!«

»Sie hat sich angepasst. Das musste sie ja. Und offenbar hat sie intuitiv gespürt, wie man sein Leben in angenehme und positive Bahnen lenkt«, erklärte Nikolas.

»Sie hat Euphoria gespielt, ohne, dass sie es wusste«, erwähnte Hilar nachdenklich.

Alle nickten und verloren sich in ihren Gedanken. Sie konnten sich kaum vorstellen, wie sie sich gefühlt haben musste, als sie in dieser fremden Welt aufgewacht war. Ohne Erinnerungen. Ohne zu Hause. Ohne Menschen, die sie kannte.

»Ziemlich starker Überlebenswille«, fügte Hilar anerkennend hinzu.

Während sie ihren Gedanken nachhingen, Miriam noch einmal in die Küche lief und einige aufstanden, um sich die Füße zu vertreten, lehnte sich Thomas in der Couch zurück und zog stöhnend etwas unter seinem Po hervor, das ihn gezwickt hatte. Es war eine Kette mit einem Anhänger. Ein Stein, der in einem wunderschönen Muster in Silber eingefasst war. Er schimmerte in allen Regenbogenfarben, als er ihn hin und her bewegte. Er sah zu Lucy und Nikolas hinüber, die sich gerade innig in den Armen lagen und küssten. Auch von den anderen bemerkte niemand seine Entdeckung. Und als er spürte, wie seine Hand unter dem Anhänger anfing, wild zu kribbeln, steckte er ihn – ohne zu zögern – in seine Hosentasche, als sei es das Normalste von der Welt. Kurz darauf streckte er sich und stand auf. »Hannah und ich machen uns jetzt auf den Weg«, sagte er beiläufig.

»Nein, noch nicht!«, protestierte Hannah und zog damit alle Aufmerksamkeit auf sich.

»Doch, Hannah! Zu Hause sind noch mehr Leute, die dich vermisst haben. Sie würden dich ebenso gern wieder in die Arme nehmen wie ich. Also los jetzt.« Daraufhin ging er schnellen Schrittes in den Korridor, nahm sich seine Jacke von der Garderobe und öffnete schon einmal die Haustür.

Nikolas folgte ihm etwas skeptisch. »Thomas«, sagte er und reichte ihm die Hand.

Thomas ergriff sie beschäftigt, sah ihn aber nicht an.

»Es war eine spannende Reise«, sagte Nikolas und starrte ihn so lange an, bis er den Kopf hob. »Und dir ist natürlich klar, dass alles, was du erfahren hast, ein Geheimnis bleibt.«

»Natürlich«, bestätigte Thomas und wollte ihm schon die Hand entziehen, doch Nikolas hielt sie fest. Sehr fest.

Thomas sah ihm in die stechend blauen Augen, die jetzt erschreckend drohend wirkten. Er schluckte. »Keine Sorge. Wer würde mir die Geschichte schon glauben?«, lachte Thomas eingeschüchtert.

»Du wärst wahrscheinlich überrascht«, entgegnete Nikolas während er ihn immer noch festhielt.

Hannah legte ihre Hand auf die beiden fest verkeilten Männerhände. »Keine Angst, Nikolas«, sagte sie fröhlich. »Ich passe auf, dass er nichts verrät.«

Nikolas lächelte sie an. Er fragte sich, ob er mit den beiden vielleicht zwei neue Freunde und Verbündete gefunden hatte oder ob er doch ein zu großes Risiko einging und Thomas besser manipulieren sollte, damit er alles vergaß, was er über Lumenia erfahren hatte. Dann müsste er aber auch Hannah manipulieren und das wollte er nicht. Sie brauchte jemanden, mit dem sie über all diese Dinge reden konnte. Und Marius war nicht mehr da. Schließlich ließ er Thomas' Hand los. Jedoch mit einem unguten Gefühl.

Thomas zog Hannah hektisch den Reißverschluss ihrer Jacke zu.

»Vielleicht sehen wir uns bald wieder«, sagte Nikolas noch und klang dabei drohender als er es wollte.

»Ja!«, rief Hannah. »Ich möchte euch gern wiedersehen!« Dabei sah sie hoffnungsvoll ihren Onkel an.

»Vielleicht. Es war mir ein Vergnügen. Bis dann«, sagte er eilig. Dabei drehte er sich so schnell um, dass er gegen Taro stieß, der gerade zur Haustür hereinkommen wollte. Thomas sah zu ihm hinauf und brachte nicht einmal ein entschuldigendes Wort heraus, so eingeschüchtert war er von seinem verärgerten, gestressten Blick.

Taro schob sich genervt an ihm vorbei und lief sofort die Stufen hinauf ins oberste Stockwerk. Maja, Mika, Willem und der riesige Hund rannten ihm hinterher.

»Was ist denn los?«, fragte Miriam, als sie an ihr vorbei liefen.

»Nichts!«, rief Maja unschuldig. »Wir… wollten Taro nur was zeigen.« Im nächsten Moment war sie mit den anderen in ihrem Zimmer verschwunden.

Als Nikolas sich wieder zu Thomas umwandte, war auch

er fort. Er sah nur noch, wie er mit seinem Wagen – ziemlich schnell – davon fuhr.

6
schicksal

Als Taro – mit Mika und Willem im Schlepptau – genauso hektisch und gestresst wieder gegangen war, wie er zuvor das Haus gestürmt hatte, sagte er nur: »Lasst Maja mit euren Fragen in Ruhe. Ich kläre das schon.« Und dann hatte er die Tür hinter sich zufallen lassen.

»Er klärt *was*?«, war sofort Miriams Frage an Maja gewesen, doch sie sagte nur: »Ich soll nichts verraten!« Und dann verschwand sie sofort in ihrem Zimmer. Auch beim Abendessen hatte sie eisern geschwiegen, so dass sie beschlossen, den Tag erst einmal in Ruhe zu Ende gehen zu lassen. Er war ohnehin lang genug gewesen.

Es war schon sehr spät, als Lucy und Nikolas wieder nach Hause fuhren. Im Auto sprachen sie über seine Reise. Er erzählte ihr, was er erlebt hatte und wie wichtig es für ihn gewesen war, zu erkennen, wie alles miteinander verbunden war und dass alles seinen Sinn hatte. Selbst Marius' Tod, so makaber es für ihn auch immer noch klang.

»Ich habe genau dasselbe erkannt«, sagte sie irgendwann und dachte an die Zeit, die sie mit Taro verbracht hatte. »Als er dort auf diesem Hof zusammengebrochen war, habe ich plötzlich mich selbst in ihm erkannt. Und auf einmal wurde mir klar, dass unsere Begegnung kein Zufall gewesen war. Wir sind uns so ähnlich und haben uns gegenseitig so viel gespiegelt. Er… hat mich erkennen lassen, wer ich wirklich bin«, sagte sie. Dabei ging ihr sehr intensiv durch den Kopf, was sie mit ihm in der Fantasie erlebt hatte und schämte sich auf einmal so sehr, dass sie sich von Nikolas weg drehte und aus dem Fenster sah.

Nikolas hielt vor ihrem Haus an, nahm ihre Hand und lehnte sich zu ihr vor. »Hör zu, Lucy. Ich habe das alles mitbekommen. Auch wenn du versucht hast, es zu verbergen. Und es ist in Ordnung. Du musst dich deswegen nicht schämen. Ich kenne die Gründe dafür und weiß, dass du es nicht getan hast, weil du mich nicht mehr liebst.«

Jetzt drehte sie sich zu ihm um und sah ihn verständnislos an. »Ich verstehe nicht, dass du nicht einmal ein bisschen verletzt bist.«

»Das war ich. Am Anfang. Aber nur aus einem Grund: Ich habe diese Tatsache bekämpft. Aber ich weiß, was in dir vorging und auch in ihm. Es wäre egoistisch von mir gewesen, dort einen Riegel vorzuschieben und es zu verhindern, nur weil ich dich für mich allein beanspruchen will. Wenn du dich freiwillig dazu entscheidest, all diese Dinge nur mit mir zu erleben, dann machst du mich zum glücklichsten Mann der Welt. Aber ich kann dich nicht dazu zwingen oder mit Eifersucht dorthin gehend manipulieren. Dann wäre es keine freie Entscheidung mehr von dir, sondern ein Zwang aus Schuldgefühlen, Scham und moralischen Vorstellungen, die dir sagen, wie du handeln sollst. Es wäre nicht mehr *echt*, verstehst du?«

Lucy sah ihn lange an und dachte über seine Worte nach. Sie glaubte zu verstehen, was er ihr damit sagen wollte. Sie sollte nicht aus einem Zwang heraus oder aus Schuld und Scham oder einfach, weil es »richtig« war, mit ihm zusammen sein. Sondern, weil sie es *wollte*. Weil sie es *freiwillig* wollte und sich *freiwillig* dafür entschied. Und das tat sie auch. Aber sie fand es trotzdem falsch, fremdzugehen und schämte sich zutiefst dafür.

»Richtig und falsch«, sagte Nikolas jetzt, »gibt es nicht. Verabschiede dich bitte von dieser Vorstellung. Es war nicht richtig und auch nicht falsch, was geschehen ist. Es war einfach, was es war und es gab Gründe dafür. Also war es in Ordnung. Du hättest ganz genauso gehandelt, wenn du in meiner Situation gewesen wärst, Lucy.«

Jetzt sah sie ihn entsetzt an. »Ich??«, rief sie fassungslos. »Wäre *ich* in dieser Situation gewesen, hätte ich die Frau erschlagen! Sie hätte dich nicht einmal so *ansehen* dürfen, wie Taro mich angesehen hat! Ich hätte sie erwürgt! Geviertteilt! Ich hätte ihr die Augen ausgekratzt!«

Nikolas lachte. »Nein«, sagte er dann bestimmt, »hättest du nicht.«

Sie wollte gerade noch einmal widersprechen, da erinnerte sie sich an ihre Empathie. Sie hätte genau gefühlt, was Nikolas gefühlt hätte. Und auch, was die Frau gefühlt hätte. Ihr wäre vollkommen bewusst gewesen, was in ihnen beiden vorging. Sie hätte den Grund gesehen, warum dies geschah. Sie klappte ihren Mund resignierend wieder zu und seufzte.

»Und du hättest gesehen und gefühlt, dass es nichts mit dir zu tun gehabt hätte.«

Sie sah ihn an und nickte. Verzog dabei aber schmollend das Gesicht.

»Genau das habe ich auch gefühlt. Es war eine Sache zwischen euch beiden. Ich wusste die ganze Zeit, dass du mich liebst, Lucy. Es ging nicht um mich.«

»Nein«, seufzte Lucy und auf einmal verflüchtigte sich ihr Schuldgefühl und ihre Scham. Es hatte wirklich alles seinen Grund gehabt und es war… irgendwie… in Ordnung. Da fiel ihr plötzlich wieder ein, was Hilar gesagt hatte.

»Was war das eigentlich, was du mir erklären sollst?«, fragte sie ihn neugierig. »Die Sache mit dem Schicksal.«

Nikolas grinste jetzt, zog die Schlüssel aus dem Zündschloss und nickte in Richtung Haus. »Erkläre ich dir drinnen«, sagte er nur und stieg mit ihr aus.

Es war schön, ihn wieder im Haus zu haben. Sie hatte seine Gegenwart so sehr vermisst. Seine Stimme, sein Lächeln und seine liebevolle Art mit ihr umzugehen. Die Art, wie er sie ansah, wie er sie nachts umarmte, wie er sie küsste. All das war zu einem so festen Teil ihres Lebens geworden, dass sie es ohne ihn kaum ausgehalten hatte. Das Haus war so leer gewesen ohne ihn.

Als sie ins Bad ging, um sich umzuziehen, stellte er sich in die Tür, beobachtete sie dabei und begann, zu erzählen: »Willem, der Junge, in den sich Maja verliebt hat, ist ein ziemlich mächtiger Bursche. Er kann sehr weit in die Zukunft sehen. Vermutlich genauso weit wie Mika. Deswegen ist ihm auch schon jetzt klar, dass er sein Leben mit Maja verbringen wird.«

Lucy sah ihn groß an. »Wie bitte? Das weiß er *jetzt* schon?«

»Er weiß, wer er ist. Er kennt seine eigene Zukunft. Natürlich kann er sie bewusst gestalten und verändern, aber er weiß, wo er hin möchte, wer er sein möchte. Er sieht einfach den Weg, den er gehen will und wird. Und wenn du diesen Weg kennst, dann siehst du auch den Menschen, der auf diesem Weg deine perfekte Begleitung sein wird. Den Menschen, mit dem du am glücklichsten sein wirst und der auch mit dir am glücklichsten ist. Du siehst genau, wer in perfekter Resonanz zu dir steht und wie ein Puzzleteil in dein Leben und in dein Herz passt. Ein Mensch, dessen Weg mit deinem Weg übereinstimmt und verschmilzt, weil ihr wie eine Seele in zwei verschiedenen Körpern seid.« Er sah sie dabei so innig an, dass ihr ganz warm wurde. »Das alles kann man fühlen, noch bevor es geschieht. Es ist wie ein Blitz, der dich trifft und dir all diese Dinge bewusst macht. Sobald du dich für einen Weg entscheidest, gibt es auch einen Menschen, der auf diesem Weg auf dich wartet. Und wenn du ihm begegnest, trifft er dich. Heiß und brennend.« Er lächelte dabei und zwinkerte ihr zu, wobei ihr noch wärmer wurde.

»*Das* hat Willem erlebt?«, fragte sie ehrfürchtig.

Nikolas nickte. »Er hat sie gesehen und alles gewusst.«

»Und… wie hat Maja reagiert?«

Nikolas kam jetzt auf sie zu und sah sie bedeutsam an. »Es hätte sie vermutlich überfordert, wenn er es ihr zu früh gesagt hätte. Vielleicht hätte er sie damit davon gejagt. Er hat gewartet. Bis sie soweit war, es zu begreifen.«

Endlich verstand sie, warum er ihr manche Dinge immer noch verschwieg. Er hatte ihr zwar gesagt, dass er sie nicht überfordern wollte, aber sie begriff erst jetzt, wie rücksichtsvoll er wirklich war. Er dachte dabei immer nur an sie. Und niemals an sich.

»Wann… hast *du* das gefühlt?«, fragte sie.

»Als du auf der Flucht im Zug eingeschlafen bist, nachdem du dir den Bauch vollgeschlagen hast«, sagte er schmunzelnd.

Lucy lachte. Das bedeutete, dass sich in diesem Moment sein Weg entschieden hatte und somit das Schicksal, das auf diesem Weg auf ihn wartete. Sie.

»Ich habe es auch gefühlt«, sagte sie jetzt. »Als wir uns vor dem Lagerhaus umarmt haben. Da wusste ich, dass wir irgendwie… vereint sind.« Und damit meinte sie nicht nur die Vereinigung ihrer beider Wege, sondern auch ihrer Seelen und Körper. Sie waren Eins. Das hatte sie seit dem schon so oft gespürt.

Nikolas nahm ihre Hand und berührte ihren Verlobungsring. »Das ist es, was wir mit unseren Hochzeiten in Lumenia feiern. Die Einheit.« Daraufhin folgte die Frage in seinen Gedanken, ob sie diese Einheit mit ihm zelebrieren würde. Und sie antwortete ihm mit einem innigen Kuss, der sie geradewegs ins Schlafzimmer führte, wo sie ihre Einheit auf eine andere Weise feierten.

7
DER BEGINN

Miriam kuschelte sich an Hilars Brust, als sie langsam aufwachte und seufzte zufrieden. Sie war der glücklichste Mensch auf der ganzen Welt! Ihre Familie war wieder vereint und der Mann ihrer Träume drückte sie gerade an sich und küsste sanft ihre Stirn. Die Sonne schien golden in den Raum und erfüllte ihn mit einer ebensolchen Wärme, die auch ihr Herz erfüllte. Ihr ganzes Leben schien endlich einmal – wenigstens für diesen Moment – vollkommen in Ordnung zu sein. Alles war friedlich, alles war in Harmonie und jeder war glücklich. Sie am allermeisten.

Hilar streichelte über ihren warmen Körper und grüßte sie liebevoll auf einer fremden Sprache: »Meam sul, Hela.«

Sie hob den Kopf und sah ihn fragend an.

»Guten Morgen, Liebling«, übersetzte er.

Sie lächelte glücklich und gab ihm einen weichen Kuss. Sie hatte ihn noch nie in seiner Sprache sprechen hören. Sie klang wunderschön. So wunderschön wie sein Land es war. Und die Menschen, die dort lebten. Lumenia. Das Paradies. Und er, Hilar, war wie ein Engel, der aus diesem Paradies gekommen war, um sie zu retten. Ihr Leben, ihr Herz, ihr ganzes Sein. Er war ihr Retter, ihr bester Freund, ihre große

Liebe und der Mittelpunkt ihres ganzen Universums. Sie betrachtete ihn verliebt und seufzte. Sein goldenes Haar glänzte im hereinfallenden Sonnenlicht und ließ ihn tatsächlich wie einen Engel erscheinen. Es war von der Nacht völlig zerzaust. Entweder weil das Kissen ihm seine hoch stehende Frisur ruiniert hatte oder weil sie ihm in ihrer Ekstase ständig ins Haar gegriffen hatte.

Er lachte leise, als er diesen Gedanken gehört hatte und zog sie an sich heran. »Ich hoffe, du hast wenigstens ein bisschen Schlaf bekommen.«

Jetzt lachte sie. »Ich bin momentan viel zu high zum Schlafen.«

»Geht mir genauso«, raunte er und streichelte ihr sanft über die Wange.

Doch plötzlich hielt er inne. Er sah ihr direkt in die Augen, doch sein Blick verlor sich im Nichts. Es war, als sähe er durch sie hindurch. Sie kannte diesen Blick. So sah er immer aus, wenn er in die Zukunft blickte oder etwas aus der Ferne wahrnahm. Als sein Gesicht jedoch todernst wurde und sich tiefe Sorgen darin abzeichneten, bekam sie es mit der Angst zu tun.

»Hilar??«, fragte sie ängstlich.

Doch er reagierte nicht. Er starrte weiterhin durch sie hindurch.

»Hilar! Was ist??« Miriam richtete sich auf. Irgendetwas stimmte nicht.

Mit einem Mal ließ Hilar mit seinen Gedanken die Bettdecke vom Bett fliegen, sprang auf und riss Miriam mit sich. Miriam stolperte ihm in die Arme und wurde sogleich von ihm aus dem Zimmer gezogen. Er lief mit ihr in einem solchen Tempo die Stufen hinunter, dass sie fast hinfiel. Unten stieß er die Küchentür panisch auf. Maja saß gerade am Tisch und aß ihr Müsli und ihre Eltern standen an der Küchentheke und tranken gut gelaunt ihren Kaffee. Als sie Hilar mit nichts weiter am Körper als seinen hautengen Shorts erblickten, waren ihre Reaktionen unterschiedlich. Die Gedanken ihrer Mutter drehten sich bewundernd um seinen muskulösen Körperbau, Maja lief rot an und ihr Vater blickte anerkennend seine Shorts an.

»RUNTER!«, schrie Hilar auf einmal. »Auf den Boden!!«

Alle erstarrten und blickten ihn erschrocken an. Doch keiner bewegte sich. Dann lief Hilar zu Maja, zog sie vom Stuhl und schob sie zu ihren Eltern.

»Kniet euch hin! JETZT!«

In diesem Moment begann die Erde zu beben. So heftig, dass sie alle stolperten, sich zu Boden warfen und zueinander krochen. Hilar kniete sich mit Miriam zu ihnen und hielt schützend seine Arme über die Familie. Gleichzeitig kontrollierte er mit seinen Gedanken die aus den Schränken fallenden Gegenstände, so dass keiner davon die Menschen traf, die er liebte.

»Was ist hier los??«, schrie Maja panisch.

Miriam hielt sie im Arm fest und versuchte, sie zu beruhigen.

»Es ist gleich vorbei«, versicherte ihnen Hilar. Und seine Worte bewahrheiteten sich nur einen kurzen Augenblick später.

Als es wieder ganz still war und sie nur noch das

Hundebellen und ein paar Kinderschreie aus der Nachbarschaft hörten, blieben sie noch einen Moment auf dem Boden knien.

Doch Hilar stand wieder auf, entfernte sich ein paar Schritte von ihnen und ließ seinen Blick wieder in die Ferne schweifen. Dabei war sein Gesicht so ernst, dass es beunruhigend wirkte. Seine ureigene Fröhlichkeit war vollständig aus seinen Gesichtszügen gewichen. Plötzlich sah er dann Miriam an und reichte ihr die Hand. »Komm«, sagte er. »Wir müssen uns beeilen.«

Sie liefen schnell hinauf, zogen sich an und machten sich sofort auf den Weg zu Lucy und Nikolas. Hilar hatte eine schlimme Vorahnung. Er konnte sie nicht genau deuten, aber er spürte, dass die Situation bald eskalieren würde. Die Energie auf der Welt stieg immer weiter an und die Menschen, die mit so viel Energie nicht umgehen konnten, liefen Gefahr, völlig die Kontrolle zu verlieren.

Nikolas stand bereits vor der Tür, als sie an ihrem Haus ankamen. Er winkte sie besorgt herein und antwortete zunächst nicht auf Miriams Frage, ob alles in Ordnung sei. Erst als sie drin waren, wurde ihnen klar, was los war.

Lucy saß im Nachthemd auf der Couch im Wohnzimmer, stützte ihre Ellenbogen auf ihre Beine und hielt sich nach vorn und hinten wippend die Hände an den Kopf.

Miriam lief sofort zu ihr, kniete sich vor sie und umfasste ihre Handgelenke. »Was ist denn los, Süße??«, fragte sie ihre Freundin besorgt.

Nikolas kniete sich neben Miriam und berührte Lucys Knie. »Sie hat die geballte Ladung des Energieanstiegs abbekommen«, erklärte Nikolas. »Und das«, seufzte er besorgt, »hat ihre Empathie verstärkt.«

»Oh Gott«, hauchte Miriam, konnte aber nicht so recht abschätzen, was das für Lucy bedeuten musste. Sie wirkte völlig apathisch. »Lucy, hörst du mich?«

Sie spürten alle das Chaos, das in ihr tobte. Ein heilloses Durcheinander an fremden Gefühlen, Gedanken, Glaubenssätzen und Kämpfen. Sie schien das kollektive Bewusstsein aller Menschen dieser Stadt zu fühlen und steckte in dem panischen Zustand fest, in dem sich momentan jeder Bewohner dieser Stadt auf Grund des Erdbebens befand. Sie hörten draußen Polizeisirenen und die Feuerwehr, weinende Kinder, schreiende Menschen. Lucy kniff die Augen zu und stöhnte, wobei sie sich mit beiden Händen gegen den Kopf drückte, als könne sie so die fremden Gedanken und Gefühle hinauspressen.

»Was können wir tun?«, fragte Miriam besorgt und sah dabei abwechselnd Hilar und Nikolas an. Erst jetzt bemerkte sie das Chaos im Wohnzimmer. Gegenstände lagen auf dem Boden, Lampen waren zersprungen und der Fernseher sah aus, als sei er implodiert. Ihr war sofort klar, dass dies nicht die Auswirkungen des Bebens gewesen sein konnten. Offenbar hatten Lucys Emotionen wieder um sich geschlagen.

»Ich habe bereits einen Schutzschild um sie herum errichtet«, berichtete Nikolas, »um sie vor fremden Energien zu schützen. Aber er wirkt nicht.«

Er sah verzweifelt aus und völlig fertig. Er musste mit ansehen, wie die Frau, die er liebte, Höllenqualen litt und konnte nichts tun.

Auf einmal berührte Hilar seine Schulter und rüttelte an ihm. »Nik?«

Nikolas wandte sich zu ihm um und erschrak über sein besorgtes Gesicht.

»Spürst du das?«, fragte Hilar ihn.

Nikolas öffnete sich für die Wahrnehmung des Kollektivbewusstseins – des *Feldes*, wie sie es in Lumenia nannten – und stand ruckartig auf. Sie spürten, wie sich etwas zusammenbraute. Eine Katastrophe. Auch Lucy spürte es jetzt und stand ebenfalls auf. Sie sahen sich alle an und versuchten, sich innerhalb von Sekunden einen Notfallplan zu überlegen. Etwas Großes kam auf sie zu. Sie spürten es deutlich.

Nikolas sagte sofort: »Wir bringen euch nach Lumenia. Dort seid ihr sicher.«

Hilar nickte zustimmend. Er sah deutlich, dass dieses kleine Erdbeben nur der Anfang gewesen war. Es würde noch viel schlimmer werden. Und zwar sehr bald. Die Welt stieg auf. Und dieser Aufstieg war mit sehr vielen Verwerfungen und Katastrophen verbunden. Es würde ungemütlich werden. Sehr sogar.

Lucy entfernte sich ein paar Schritte von der Gruppe und schüttelte mit dem Kopf. Miriam ging zu ihr, nahm ihre Hand und sah in ihren Gedanken, was sich in den nächsten Stunden abspielen würde. Sie erschrak fürchterlich. Lucy sah die Zukunft! Ihre Fähigkeiten hatten einen enormen Sprung gemacht. Es waren so viele Bilder in ihrem Kopf, dass Miriam ganz schwindelig wurde. Doch ein Gefühl war in

Lucy von unumstößlicher und absoluter Klarheit. Sie würde vor dem, was geschehen würde, nicht weglaufen. Sie wollte sich ihrer Angst stellen und den Menschen helfen. Sie spürte, dass die Menschen mit denselben Schwierigkeiten konfrontiert sein würden, die sie selbst seit Jahren durchmachte. Sie stiegen auf. Und sie wurden dabei mit ihren dunkelsten Schatten konfrontiert. Jeder Einzelne und alle zusammen würden nun die Wehen des Aufstiegs zu spüren bekommen. Und sie wusste nur zu gut, wie sich das anfühlte. Miriam blieb neben Lucy stehen, um sie in ihrer Entscheidung zu unterstützen. Auch sie wusste genau, wie sich ein Aufstieg anfühlen konnte. Und sie konnte die Menschen damit jetzt nicht allein lassen.

»Das ist *meine* Welt«, sagte Lucy jetzt zu Nikolas. »Ich muss helfen.«

Nikolas kam jetzt auf sie zu und sah sie flehend an. »Lucy, bitte. Wir kümmern uns schon darum. Quidea wird nicht zulassen, dass deine Welt ins Chaos stürzt. Er wird seine Gardisten schicken, um das Schlimmste zu verhindern.«

Miriam legte jetzt einen Arm um Lucys Schultern. »Ich bleibe auch hier«, sagte sie entschlossen.

»Miriam«, sagte Hilar warnend. »Das ist zu gefährlich! Hast du nicht gesehen, was da auf uns zu rollt?«

Doch sie waren nicht umzustimmen. Nikolas wusste nicht, ob es an Lucys Empathie lag. Sie hatte so viele fremde Gefühle und Gedanken in sich, dass nicht einmal er mehr unterscheiden konnte, was zu ihr gehörte und was nicht. Vielleicht war ihre Entschlossenheit und ihr halsbrecherischer Kampfgeist fremder Natur. Doch egal, ob es ihre Gefühle waren oder nicht, es war zumindest ihre Entscheidung. Und er würde hinter ihr stehen. Immer.

»Ruf Taro«, sagte er zu Lucy und nickte vertrauensvoll. »Ich weiß, er hört dich. Er soll Unterstützung schicken.«

Lucy lächelte dankbar. Nikolas wusste, dass sie diese Verbindung zu Taro hatte und dass er sie über die Schutzmauer hinweg hören konnte. Und es schien ihm nichts mehr auszumachen. Er hatte ihn akzeptiert. Als ihren Freund. Ihren besten Freund.

Taro!!, rief Lucy. *Wir brauchen eure Hilfe.* Und dann sandte sie ihm die Bilder, die sie gesehen hatte. Naturkatastrophen. Wirbelstürme, Erdbeben, Überflutungen... Und ein Krieg. Mitten in ihrer Stadt.

8
annäherung

Taro war gerade auf dem Weg zu Aleas Haus, als er schon Aleas Stimme in seinem Kopf hörte.

Wie komme ich zu der Ehre?, fragte sie ihn. Taro hatte sie lange nicht besucht.

Er lachte. *Ich muss etwas Wichtiges mit dir besprechen, Schatz.* Er hatte sie schon immer Schatz genannt. Schon als Teenager. Denn er hatte immer gewusst, dass sie zusammengehörten und eines Tages ein Paar sein würden. Auch, wenn er ebenso gespürt hatte, dass sie vorher einige Hürden zu überwinden hatten. Und sie waren noch nicht ganz über den Berg.

An ihrem Haus rangten keine Blumen, so wie an den anderen Häusern in der Straße. Sie mochte es nicht allzu kitschig. Außerdem – und das ging ihm immer wieder durch den Kopf, wenn er hier war – gab es nichts, das dieses Haus heller und schöner erstrahlen lassen konnte, als sie. Sie stand bereits in der Tür, als er ankam und lächelte.

»Was sollen die Grübelfalten?«, fragte sie frech.

Er trat die Stufen hinauf und zwickte sie grinsend in die Hüfte, bevor er eintrat. Sie ließ die Tür mit ihren Gedanken zufallen und folgte ihm ins Wohnzimmer.

»Du hast umgestellt«, sagte er überrascht.

»Schon lange«, entgegnete sie. »Du warst ja eine ganze Weile nicht hier.« Sie konnte es nicht vermeiden, dass ihre Stimme ein wenig Vorwurfsvoll klang.

Er drehte sich zu ihr um und wartete. Sie war offensichtlich noch verletzt. Das spürte er genau. Auch wenn sie es verbarg. Also ließ er sie das sagen, was sie zu sagen hatte und hoffte, dass er nicht allzu viel zerstört hatte.

Sie lachte. »Kindskopf!«, sagte sie und räumte die Couch von ihren Klamotten frei, damit er sich setzen konnte.

Doch er blieb stehen. Und wartete.

»Es ist in Ordnung!«, sagte sie leicht genervt. »Jetzt sag mir, warum du hier bist.«

Er räusperte sich, senkte den Kopf, verschränkte seine Arme vor der Brust und wartete weiter, wobei er sie mit einem Zucken seiner Augenbrauen aufforderte, ihren Gefühlen freien Lauf zu lassen.

Jetzt schmiss sie ihre Klamotten wieder auf die Couch. »Okay!«, sagte sie und hob dabei resignierend die Arme. »Ich habe getobt! Und wehe, wenn du lachst!«

Er verkniff es sich, biss sich auf die Lippe und schüttelte langsam mit dem Kopf, wobei er nicht versuchte, sich vorzustellen, wie Alea – die Selbstbeherrschung in Person – vor Wut ausgerastet war.

Sie lachte jetzt selbst. »Naja, so schlimm war es nicht. Ich hab's im energiesicheren Raum getan. Ich wollte mich nicht auch noch um eine mentale Mauer kümmern. Das wäre mir zu anstrengend gewesen.«

Er nickte verständnisvoll.

»Aber es ist jetzt in Ordnung. Es war nur eine Phase, in

der ich es nicht akzeptieren wollte, dass du… mit Lucy…«
Sie seufzte. »Aber ich mag sie. Sie ist eine tolle Frau. Und ich
kann total nachvollziehen, was du für sie…«, sie versuchte,
die Bilder aus ihrem Kopf zu kriegen, die sie gesehen hatte,
als Taro mit Lucy eine heiße Fantasie durchlebt hatte,
während sie vor sich hin stammelte.

»Du hast zugesehen??«, rief er empört und ließ die Arme
sinken.

Alea lief rot an, was ein Bild war, das er wirklich noch nie
gesehen hatte. »N … nein, nicht … mit Absicht. Ich habe
mich in deinen Kopf eingeklinkt, weil ich wissen wollte …
naja … und dann habe ich gesehen…« Sie hielt sich die Hand
an den hochroten Kopf. »Es war … ziemlich intensiv.«

Taro sah sie verstört an. Wie sollte er jetzt damit umgehen?
Es verwirrte ihn völlig, dass Alea ihn dabei gesehen hatte,
wie er mit einer anderen Frau geschlafen hatte. Er hatte doch
extra eine mentale Mauer um sich herum errichtet, damit so
etwas nicht geschah! Genauso hatte auch sie es getan, als sie
vor einer Weile eine Affäre mit einem blauen Gardisten aus
der Nachbarstadt Lihn gehabt hatte.

Sie streifte sich ihr wildes Haar hinter die heißen Ohren.
»Ich kann mentale Mauern in letzter Zeit überwinden.«

Taro stemmte jetzt die Hände in die Hüften und schnaubte
fassungslos. »Du hast es *absichtlich* getan?!«

Alea wich seinem Blick aus und betrachtete beschäftigt
den Fußboden.

»Das glaube ich jetzt nicht!«, rief er aus und lachte. Dann
sah er sie an und versuchte, ihre Beweggründe
herauszufinden, woraufhin er ein betroffenes Gesicht

machte. »Du… wolltest wissen, wie es ist.«

Ja, dachte sie. Sie hatte wissen wollen, wie es war, mit Taro zu schlafen. Deswegen hatte sie sich nicht nur in seinen Kopf eingeklinkt, sondern auch in Lucys. Was vermutlich völlig irre war.

»Das *ist* irre«, bestätigte Taro lachend. »Lucy würde im Erdboden versinken, wenn sie das wüsste.«

»Wehe!«, drohte Alea. »Sie wird mir vor Scham nie wieder unter die Augen treten können!«

Taro lachte wieder. »Nach all den Jahren«, sagte er amüsiert, »entdecke ich immer noch Seiten an dir, die mich völlig überraschen.«

»Geht mir auch so«, sagte sie. »Ich schockiere mich selbst.«

Jetzt lachten sie beide und betrachteten die Sache als gegessen. Sie setzten sich und Alea spürte das altbekannte Kribbeln in ihrem Bauch, als er so nah neben ihr saß und sie ansah. Ebenso erging es ihm.

»Also«, seufzte sie und sah ihn erwartungsvoll an, »weswegen bist du *wirklich* hier?«

Er holte tief Luft und sah auf einmal wieder sehr besorgt aus. »Ich brauche deine Hilfe, um einen Tarnschlüssel zu finden.«

»Was ist ein Tarnschlüssel?«, fragte Alea.

»Eine Schöpfung von Mika. Sie hat einen Tarnstein geschaffen und ihn in einen Portalschlüssel verwandelt.«

Alea riss die Augen auf und hielt die Luft an. »Bitte was?«

»Du hast richtig gehört. Frag mich nicht, wie sie *das* geschafft hat. Sie ist offenbar mächtiger, als wir es uns vorstellen können. Das Problem ist jetzt nur«, er ging sich durch sein kurzes Haar und seufzte wieder, »dass wir den Schlüssel nicht finden können. Er ist weg.«

Alea sprang von der Couch auf und sah ihn entsetzt an. »Sag mir nicht, dass sie ihn in der Gegenwelt verloren hat.«

Doch Taro nickte und löste damit fast die helle Panik in Alea aus. Sie schnappte nach Luft.

»Du kannst dir sicher vorstellen, wie schwer es ist, einen *Tarnstein* zu finden«, erklärte Taro. »Er tarnt alles, womit er in Berührung kommt. Ich kann ihn weder fühlen noch den Ort sehen, an dem er sich befindet oder die Person wahrnehmen, die ihn trägt. Ich sehe *gar nichts*.«

»Verflucht«, hauchte Alea und lief im Wohnzimmer auf und ab. »Wenn ihn jemand findet…«, sinnierte sie, »und ihn zu benutzen weiß.« Jetzt sah sie ihn erschrocken an. »Das könnte unser Untergang sein!«

Jetzt stand Taro auf, kam auf sie zu und bedeutete ihr mit nur einem Blick, dass genau *das* geschehen würde. »Willem hat es gesehen. Und Mika ebenfalls. Sie halten es unter Verschluss, damit keine Panik ausbricht. Aber wir müssen handeln.«

Alea blieb der Mund offen stehen. Sie dachte an die Zukunftsvision, in der Lumenia unterging. Es würde sich also wirklich bewahrheiten. Es lag also nicht am Verschwinden der Königin. Denn diese war ja wieder da. Es war ein Tarnstein. Ein simpler Tarnstein, der von einer der mächtigsten Kinder Lumenias umprogrammiert worden war. Sie konnte es kaum fassen.

»Sie macht sich jetzt schon schreckliche Vorwürfe«, sagte Taro. »Machen wir es nicht noch schlimmer. Wir müssen diesen Stein finden. Und zwar schnell.«

Alea nickte und schlug vor, sich mit dem Feld zu verbinden, um ihn zu finden. Vielleicht hatte sie eine Chance. Sie war sehr gut darin, das Feld wahrzunehmen und sich Informationen daraus zu entnehmen.

»Wir könnten es zusammen tun«, bot Taro an. »Vielleicht sehen wir dann mehr.« Er nahm ihre Hände und sah sie dabei innig an.

»In… Ordnung«, flüsterte sie, schloss die Augen und versuchte, die Einheit mit dem Feld zu fühlen. Doch es fiel ihr plötzlich unheimlich schwer. Sie wusste nicht, ob es an seinem wunderbaren Duft lag, den sie in der Nase hatte oder an seinen warmen Händen oder an seinem Atem, der sich immer wieder warm auf ihr Gesicht legte. Als sie die Augen öffnete, war er ihr so nahe, dass ihr Herz einen Satz machte.

»Taro«, hauchte sie mahnend, »ich muss mich konzentrieren.«

Er schmunzelte. »Ich doch auch.«

Als sie auffordernd die Augenbrauen hob, schloss er ebenfalls die Augen. Jedoch konnte sie jetzt ihren Blick nicht von seinem Gesicht lösen. Sie kannte diese Gesichtszüge in- und auswendig. Sie waren ihr so vertraut und lösten immer wieder dieselben Gefühle in ihr aus. Zuneigung. Innige, heiße Liebe. Sie wollte ihn berühren und erschrak, als er wieder die Augen öffnete.

»Wolltest du dich nicht konzentrieren?«, fragte er und kam ihr noch ein Stückchen näher.

»Taro«, hauchte sie. »Später. Das ist jetzt nicht der richtige Moment. Wir müssen…«

Er streichelte ihr eine Haarsträhne aus dem Gesicht und sah sie innig an. So innig, dass plötzlich jede Verpflichtung unter ihrem Verlangen hinweg schmolz. Und auch er vergaß alles um sich herum. Sie war ihm so vertraut. Und seine Gefühle für sie waren immer noch dieselben. Er liebte sie. Schon immer. Er hatte sie nie verletzen wollen. Niemals. Deswegen hatte er sie auch von sich gestoßen, als er geglaubt hatte, bei seinem Plan Lumenia und die Königin zu retten, sterben zu müssen. Er hätte es nicht ertragen, wenn sie gelitten hätte. Wenn sie ihn vermisst hätte. Er hatte sie dazu bringen wollen, ihn zu hassen. Damit der Schmerz nicht so groß war. Und jetzt, wo er wieder bei ihr war, weil Lucy ihn gerettet hatte, schämte er sich dafür.

»Kannst du mir verzeihen?«, fragte er sie gefühlvoll und meinte damit nicht nur seine Zurückweisung, sondern auch die Sache mit Lucy.

Sie nickte sofort. Und Taro näherte sich ihren Lippen. Nach langer Zeit wollte er sie wieder spüren. Er glaubte, die Hürden überwunden zu haben, die sie beide trennten, doch nur ein paar Millimeter bevor sich ihre Lippen trafen, hörte er Lucy in seinem Kopf.

Taro!!, rief sie. *Wir brauchen eure Hilfe.*

Alea riss die Augen auf. Und als sie beide mitbekamen, welche Bilder Lucy ihm schickte, zögerten sie nicht eine einzige Sekunde und stürmten sofort aus dem Haus, um ihr zur Hilfe zu eilen.

9
BEBEN

In der Welt brach das Chaos aus. Überall. Doch für Phil war es keine Überraschung. Schon vor Jahren hatten sich diese Unruhen angekündigt. Er verfolgte die politische Lage der Welt schon lange und die Unzufriedenheit der Menschen, die nun auf den Straßen waren, war für ihn eine logische Konsequenz daraus.

Seine Frau, Luisa, stand vor dem Fernseher, in dem auf Italienisch die neuesten Meldungen mitgeteilt wurden. Sie verstand nicht alles, da ihr Italienisch noch nicht so gut war, aber die Bilder sagten alles. Menschenmassen auf der ganzen Welt waren auf den Straßen und protestierten gegen ihre Regierungen. Doch es waren auch Menschen auf den Straßen, die ganz andere Ziele verfolgten. Manche davon waren auf Zerstörung aus. In Frankreich war es besonders schlimm. Ganz Paris stand in Flammen. Schockiert sah Luisa zu, wie die Welt regelrecht entflammte. »Es wird immer schlimmer«, sagte sie.

Phil nickte beiläufig. Er sah auf sein Handy, wo er die neuesten Meldungen las. Den Fernseher ignorierte er. *Teufelswerk* nannte er dieses Ding immer. Und meinte damit das propagandistische, manipulative Programm, das den Menschen vorgesetzt wurde, um sie von der Wahrheit abzulenken oder einfach nur dreiste Lügen zu erzählen. Um sie zu lenken. Er war einer dieser Verschwörungstheoretiker, die zwar medial Tag für Tag diffamiert wurden, jedoch am Ende immer recht behielten mit ihren Vorhersagen und Schlussfolgerungen. Er sagte immer, dass diese Schwurbler einfach nur mehr den Durchblick hatten als die Menschen, die »Teufelswerk-Nachrichten« guckten. Abgesehen davon hatte er bereits Einblick in Vorgänge gehabt, die niemand auf dieser Welt je für möglich halten würde. Er wusste von einem geheimnisvollen Land namens Lumenia. Von mächtigen Göttern, die dort lebten. Und von Verschwörungen in seiner eigenen Welt, die zum Ziel hatten, Lumenia zu finden und die Macht dieser Welt an sich zu reißen. Er dachte an Marius. Er war der Strippenzieher dieser Verschwörung gewesen. Ja, er konnte behaupten, dass er schon ein wenig mehr Durchblick hatte als die meisten.

Luisa drehte sich zu ihm um. »Du hattest mit allem recht.«

»Natürlich«, seufzte er, sah von seinem Handy auf und blickte kurz in den Teufelskasten. Dort schrien Menschen Parolen, zündeten Autos an und wurden von Wasserwerfern der Polizei geradezu weggeschleudert. »Und es wird noch schlimmer werden.«

Sie sah ihn an. »*Noch* schlimmer?« Ihre Fähigkeiten hatten sich zwar in letzter Zeit stetig verstärkt und entwickelt, doch es fiel ihr schwer, in die Zukunft zu sehen und abzuschätzen, was noch alles geschehen würde. Manchmal nahm sie einfach zu viel wahr. Die Emotionen und Gedanken der Menschen strömten auf sie ein und verursachten ein heilloses Durcheinander in ihr. Doch ein Gefühl wurde sie seit vielen Monaten nicht los. Ein Gefühl, das sich sogar in ihren Träumen bemerkbar machte. Als die Nachrichten in der nächsten Meldung große Überschwemmungen in den verschiedensten Teilen der Welt zeigten und vom Klimawandel sprachen, für den die Menschheit nun den Preis zu zahlen hatte, schaltete sie das Gerät aus und seufzte.

»Hast du den Schuldkult und die Angstmacherei auch endlich satt?«, fragte Phil sie.

Sie setzte sich zu ihm an den Tisch. »Nun ja«, entgegnete sie, »diese Dinge passieren ja tatsächlich. Und ja, sie machen schon irgendwie Angst.«

»Aber diese Dinge haben andere Hintergründe als die, die sie uns auftischen wollen«, erklärte Phil und legte das Handy jetzt weg.

»Das denke ich auch«, sagte sie nickend. »Und ich werde das Gefühl nicht los, dass hier noch etwas Anderes vor sich geht. Ich glaube«, sie nahm einen Schluck Tee, »dass es etwas mit … Lumenia zu tun hat.«

Phil lehnte sich im Stuhl zurück. Das war jetzt das dritte Mal, dass sie so etwas erwähnte.

»Kannst du nicht endlich Nikolas anrufen, und ihn fragen?«, drängte sie ihn. »Wir haben ihm doch geholfen, als Taro seinen verrückten Plan umsetzen wollte, diese Welt mit Gewalt in andere Bewusstseinsebenen anzuheben. Er ist unser Freund.«

Phil seufzte wieder und blickte auf sein Handy. Er hatte schon öfter überlegt, ihn anzurufen. Aber...

»...aber dein dummes Gefühl hindert dich daran«, beendete Luisa seine Gedanken.

Er sah sie wütend an. »Ich habe dir gesagt, du sollst nicht in meinen Gefühlen lesen!«

»Ich kann das nicht einfach so abstellen«, erklärte sie zum hundertsten Mal. »Du fühlst dich ihm unterlegen und traust dich nicht, weil du denkst, dass du – als einfacher, nicht übersinnlicher Mensch – unwichtig und unbedeutend bist. Als würde Nikolas sich mit sowas nicht abgeben wollen.« Sie rollte mit den Augen. »Dein Ego ist dir im Weg«, fuhr sie fort. »Du fühlst dich auch mir unterlegen und kommst damit nicht klar, dass ich wie *sie* geworden bin und Dinge weiß, die deinem Verstand nicht zugänglich sind. Deswegen willst du all die Geheimnisse dieser Welt allein herausfinden, um zu beweisen, dass du ihn dafür nicht brauchst. Aber was hier vor sich geht, hat wahrscheinlich noch ganz andere Hintergründe, als die, die du erkennen kannst, Phil. Ruf ihn bitte endlich an!«

Er war schockiert. Schon wieder. Mittlerweile dürfte es ihn nicht mehr überraschen, wie gut sie seine Gefühle und Gedanken lesen und deuten konnte, doch es schockierte ihn immer noch. Seufzend griff er nach dem Handy. Doch bevor er nach Nikolas' Nummer suchen konnte, kam eine Nachricht von ihm:

Erdbeben.
Bringt euch in Sicherheit.
Nicht im Gebäude bleiben!

Phil starrte entsetzt aufs Handy und sprang auf. Und in diesem Moment ging es bereits los. Der Boden unter ihnen begann zu vibrieren. Phil zögerte keine Sekunde. Er schnappte sich die Hand seiner Frau und rannte aus dem Hotelzimmer. Glücklicherweise hatten sie für ihren Urlaub ein Zimmer im ersten Stock gebucht und brauchten nur eine Treppe hinunter zu laufen, um aus dem Gebäude zu kommen. Als sie durch das kleine Foyer rannten, bebte die Erde bereits so stark, dass sie mehrmals stolperten. Phil rief den panischen Leuten zu, dass sie hinaus laufen sollten. Einige hörten auf ihn, doch viele krochen unter die Tische, um sich zu schützen. Als Phil und Luisa draußen waren, liefen sie über den Parkplatz und hielten erst an, als sie eine große, freie Fläche erreichten, wo es keine Dinge gab, die umstürzen und sie erschlagen konnten. Dort knieten sie sich hin und hielten sich aneinander fest.

Das Beben war so stark, dass sie hin und her geworfen wurden. Sie hörten Schreie und ohrenbetäubende Geräusche, die von überall zu kommen schienen. Lautes Krachen, Reißen und Donnern. Minutenlang saßen sie da und hofften, dass die Erde unter ihnen nicht aufreißen würde. Das Beben schien gar nicht aufhören zu wollen. Mit Entsetzen sahen sie zu, wie vor ihnen das Hotel in sich zusammenstürzte, weil der marode Bau den Erschütterungen nicht mehr standhalten konnte.

Luisa schrie verzweifelt und wollte losrennen, um die Menschen, die im Gebäude geblieben waren, noch rauszuholen.

Doch Phil hielt sie fest. »Bist du wahnsinnig??« schrie er.

Da streckte Luisa mit Tränen in den Augen eine Hand nach dem Gebäude aus und versuchte, mit ihren mentalen Fähigkeiten, irgendetwas zu bewirken, so dass die Menschen in dem Gebäude nicht erschlagen wurden.

Einen Augenblick später stoppte das Beben. Genauso plötzlich wie es angefangen hatte. Wie unter Schock saßen Phil und Luisa noch eine Weile auf dem Boden, immer noch fest umklammert. Sie konnten sich kaum rühren. Überall waren Schreie zu hören. Und einen Moment später auch Sirenen.

»Er«, sagte Phil irgendwann und sah dabei schockiert das zusammengestürzte Gebäude an, »hat uns das Leben gerettet.«

Luisa blickte ihn mit verweinten Augen an.

»Er wusste, dass es einstürzen würde«, stellte er fest. »Wie zum Teufel konnte er das wissen??«

Luisa stand mit zitternden Knien auf. Phil stützte sie. »Weil er *immer* weiß, was vor sich geht«, antwortete sie ihm dann und atmete ein paar Mal tief durch, um den Schrecken abzuschütteln.

Phil verstand. Und obwohl er viel über die Zusammenhänge und Vorgänge dieser Welt wusste, hatte er keine Ahnung, was da noch alles vor sich ging. Vermutlich hatte seine Frau recht. Irgendetwas war da mit Lumenia los... Vielleicht wirkte sich die Kraft dieses Landes nun doch auf den Rest der Welt aus und verursachte diese Katastrophen. Und wenn dem so war, wollte er wissen, wie er sich und Luisa davor schützen konnte. Und welche Katastrophen noch auf sie zukommen würden. Er musste mit Nikolas sprechen. Noch heute.

Luisa ging jetzt auf das Gebäude zu. Und sie ließ sich nicht von Phil davon abhalten. Noch bevor die

Rettungskräfte eintrafen, versuchten sie, verschüttete Menschen frei zu bekommen. Erstaunlicherweise schafften sie es, zwei völlig unverletzte Kinder heraus zu ziehen.

Doch als Luisa weiter in die Trümmer hinein kroch, um auch die Eltern zu finden, zerbrach über ihr ein massiver Holzbalken und stürzte auf sie nieder. Es ging alles rasend schnell. Phil schrie und Luisa sah erschrocken nach oben. Doch sie schaffte es nicht, den Balken mit ihren Kräften schnell genug aufzuhalten. Sie riss reflexartig die Arme hoch und hielt sie sich über den Kopf, obwohl sie wusste, dass das nicht viel bringen würde. Doch für eine andere Reaktion war keine Zeit mehr. Sie kniff die Augen zu. Doch es passierte nichts. Sie spürte nur, wie Staub und kleine Steine auf sie hinab rieselten. Einen Moment später öffnete sie die Augen einen Spalt und sah ein Mädchen, das nur ein paar Meter von ihr entfernt stand und die Hand ausstreckte. Sie war ganz in weiß gekleidet. Luisas erster Gedanke war, dass ein Engel sie gerettet hatte. Oder war sie etwa tot? Einen kurzen Moment schoss ihr bei diesem Gedanken ein Schrecken durch den Körper. Aber als das Mädchen ihr dann etwas zu rief, war der Gedanke, dass sie tot war, schnell vergessen.

»Schnell!«, rief das Mädchen, »Komm raus da!«

Luisa zögerte keine Sekunde und krabbelte auf das Mädchen zu. Erst dann sah sie nach oben, wo der Holzbalken in der Luft schwebte wie ein Damoklesschwert. Als Luisa in Sicherheit war, ließ das Mädchen den Arm sinken und der Balken krachte hinunter. Luisa hielt sich den Arm vor das Gesicht, um nicht zu viel Staub einzuatmen. Und dann blicke sie das Mädchen erstaunt an. Sie war noch sehr jung. Vielleicht gerade 14 Jahre alt. Ihre weiße Kleinung war von Staub und Schutt beschmutzt, doch sie wirkte dennoch wie ein Engel darin. Wer war sie? War sie aus Lumenia gekommen, um zu helfen?

Das Mädchen runzelte die Stirn. »Was zum Teufel ist Lumenia?«, fragte sie und sah Luisa dabei irritiert an.

Luisa klappte der Unterkiefer runter. Sie konnte auch Gedanken lesen?

Phil kam jetzt zu Luisa geeilt. Er hatte alles mit angesehen, nahm seine Frau in den Arm und blickte dann das Mädchen erstaunt an. »Wer bist du?«, fragte er sofort.

»Gern geschehen«, sagte das Mädchen nur, drehte sich elegant auf dem Hacken um und ging einfach.

»Warte!«, rief Phil.

»Raus aus den Trümmern!«, rief das Mädchen noch. Und dann war sie verschwunden.

Luisa sah ihrem Mann fragend ins Gesicht. Und er erwiderte ihren Blick ebenso ratlos. Doch sie mussten jetzt erst einmal aus den Trümmern raus. Sie kletterten über den Schutt und brachten sich in Sicherheit.

Später holten die Rettungskräfte die Eltern und viele weitere Menschen heraus, die kaum einen Kratzer hatten. Einige waren jedoch schwerer verletzt und mussten ins Krankenhaus gebracht werden. Doch wie durch ein Wunder war niemand in den Trümmern zu Tode gekommen.

Phil kam der Gedanke, dass Luisa dieses Wunder bewirkt haben konnte, als sie verzweifelt ihre Hand nach dem Gebäude ausgestreckt hatte. Er wollte den Gedanken wieder verwerfen, denn er machte ihm Angst. Und vielleicht hatte ja dieses übersinnliche Mädchen auch etwas damit zu tun. Woher auch immer sie so plötzlich gekommen war. Doch er konnte nicht leugnen, dass sich die Fähigkeiten seiner Frau in den letzten Monaten immer mehr verstärkt hatten und sie sich womöglich wirklich gerade in eine Lumenierin verwandelte.

Das alles wuchs ihm über den Kopf. Es waren nicht nur die weltweiten Ereignisse, die immer größere Ausmaße annahmen und deren Ursache er nicht wirklich kannte. Es waren auch die Veränderungen seiner Frau, die ihn beunruhigten. Und dann noch dieses seltsame Mädchen... Ein verrücktes, irrationales Gefühl stieg in ihm auf. Ein Gefühl, das ihm sagte, dass all das irgendwie miteinander zusammenhing. Die Welt, seine Frau, dieses Mädchen und … Lumenia. Und dann zog er sein Handy aus der Tasche und schrieb eine Nachricht an Nikolas:

Danke! Du hast uns das Leben gerettet.

Aber ich muss dringend mit dir sprechen!

10

hilfe

Es war ein seltsames Bild. In Lucys Wohnzimmer standen sechs weiße Gardisten wie eine kleine Armee in Reih und Glied aufgestellt, mit ernsten Blicken und hoher Konzentration. Direkt vor ihnen standen Taro und Alea – ebenso konzentriert. Sie waren gekommen, um die Lage abzuschätzen. Lucy hatte ihnen berichtet, was sie gesehen hatte und nun gingen hunderte Gedanken durch die Lumenischen Köpfe. Pläne, Ideen und Vorschläge sprangen in rasender Geschwindigkeit hin und her, wobei sich die Lumenier keinen Zentimeter rührten. Zwischendurch warf Taro einen Kommentar in ihre Gedanken ein, wie »zu riskant«, »nicht durchführbar«, »dauert zu lange«. Und dann irgendwann waren sie sich einig.

Taro nickte. Und einen Augenblick später zückte einer der Gardisten einen Portalschlüssel. Ein Licht blitzte auf und plötzlich waren sie alle wieder verschwunden. Nur Taro und Alea standen noch da. Und Nikolas, der etwas abseits etwas in sein Handy tippte.

Miriam hatte so schnell gar nicht mitbekommen, was die Gardisten nun planten. Es war alles zu schnell gegangen. Sie guckte Alea irritiert an. »Wo sind sie hin? Wollten sie nicht helfen?«

»Sie holen Verstärkung«, antwortete Alea. Dann sah sie zu Lucy rüber. »Geht's?« Damit meinte sie Lucys überschießende Empathie.

Lucy nickte und war dankbar, dass sie sie trotz allem, was passiert war, nicht hasste.

»Und wie geht es jetzt weiter?«, fragte Miriam in die Runde. »Was sollen wir tun?«

Taro sah zu Nikolas, doch dieser war immer noch am Handy beschäftigt. Also ergriff er das Wort: »Wir werden eingreifen und das Schlimmste verhindern. Das, was in dieser Stadt passiert, passiert gerade weltweit. Die Menschen protestieren gegen das alte System, das auf Ego, Schuld und Unterdrückung aufgebaut ist. Sie erwachen ziemlich schnell...«, sagte er und senkte nachdenklich den Blick. »Dieses System existiert schon seit Jahrtausenden und plötzlich erkennen alle zur selben Zeit, dass es falsch ist.« Er lachte fassungslos und hielt sich die Hand an den Kopf.

Lucy schmunzelte und erinnerte sich an die Zeit, die sie mit ihm allein in diesem Haus verbracht hatte. »Ich habe dir ja gesagt, dass du sie unterschätzt.«

Er sah sie an und nickte. »Nun ja, sie wachen nicht von allein auf. Der ganze Prozess wird durch den Energieanstieg angeschubst. Und zwar ziemlich massiv. Sie kommen damit nicht klar. Ihre Emotionen überrennen sie.«

Das kannte Lucy nur zu gut. Wenigstens hatte sie sich im Moment einigermaßen unter Kontrolle. Nikolas hatte ihr geholfen, die Gefühle der anderen von ihren eigenen zu unterscheiden. Mit einer mentalen Mauer, die die Energien filterte. Sie wusste nicht einmal, wie das überhaupt funktionierte. Aber er hatte es irgendwie geschafft. Schon wieder. Sie wusste wirklich nicht, was sie ohne ihn tun würde.

Nikolas steckte jetzt sein Handy in die Hosentasche und kam zu ihnen. »Das ist aber noch lange nicht alles«, sagte er. »Nicht nur die Menschen und ihre Emotionen eskalieren. Auch die Natur.«

Taro nickte. »Ja. Naturkatastrophen. Geht's Phil und seiner Frau gut?« Er hatte natürlich mitbekommen, mit wem Nikolas die ganze Zeit Nachrichten ausgetauscht hatte.

Nikolas nickte. »Ich denke, seine Frau könnte uns ebenfalls behilflich sein. Ich werde sie her holen.«

Taro schnaubte kurz. »Was soll sie tun können, was unsere Garde nicht kann?«

Nikolas sah ihn jetzt ein wenig rügend an. »Was hat Lucy gerade zu dir gesagt? Unterschätze die Menschen nicht!«, erinnerte er ihn.

Taro schnalzte mit der Zunge, sah Lucy zwinkernd an und grinste. »Mea Culpa. Alte Gewohnheit.«

Lucy lachte.

»Die Lumenier werden helfen wo sie können. Aber wir brauchen jetzt jede Hilfe, die wir kriegen können«, sagte Nikolas und ignorierte die kleine Flirterei der beiden. »Ich werde die beiden mit einem Portalschlüssel holen. Flugzeuge werden jetzt wohl kaum starten. Die beiden sind in Italien. Kann ich dich kurz allein lassen, Lucy?«, fragte er und sah Lucy dabei besorgt an.

Sie nickte. »Natürlich«, antwortete sie und erinnerte sich bei seinen Worten an ihren eigenen Urlaub in Italien. Dort hatte Taro sie zum ersten Mal geküsst. Die Bilder schossen ihr durch den Kopf, wie sie ihm eine Ohrfeige verpasst hatte, woraufhin Alea herzhaft lachte. Dann dachte sie daran, wie Taro sie dazu gezwungen hatte, sich mit dem Lumenischen Kristall zu verbinden, um die Energie der Welt anzuheben. Und sie spürte erneut das Gefühl der Einheit mit dem Kristall und diese enorme Kraft.

Alle sahen sie jetzt gebannt an und verfolgten ihre Gedanken.

Lucy konnte den Gedankenstrom nicht stoppen. All die Bilder schossen von ganz allein durch ihren Kopf. Der ganze Ablauf all der Ereignisse bis zu diesem Punkt, an dem sie jetzt stand. Irgendetwas war wichtig daran. Auch der Moment, als sie Taro das Leben gerettet hatte, spielte sich noch einmal in ihr ab. Auch da hatte sie diese Einheit gespürt. Es hatte keine Trennung zwischen ihr und seinem sterbenden Körper gegeben. Und auch zwischen ihr und dem Geschoss nicht, das in seiner Brust gesteckt hatte. Alles war ineinander geflossen und zu einer Einheit geworden. Sie, Taro und alles Andere...

Alea trat vor. Und als Lucy ihr in die Augen sah, versuchte sie sofort, den Gedankenstrom zu stoppen. »Entschuldige«, sagte sie beschämt und senkte den Kopf.

Alea lächelte. »Alles, was du erlebt hast, war wichtig, Lucy. Es hat dich in deiner Entwicklung voran gebracht. Dafür musst du dich nicht entschuldigen.«

Lucy sah jetzt Taro an, der zustimmend nickte. Ja, all die Erlebnisse mit ihm, hatten etwas ganz Grundlegendes in ihr verändert. Durch ihn hatte sie gelernt, die scheinbaren

Grenzen aufzuheben und Dinge zu tun, die dem Verstand unmöglich erscheinen. Irgendetwas war wirklich wichtig an diesem Gedanken. Sie wusste nicht, was, aber es bohrte sich gerade regelrecht in ihr Bewusstsein.

»Es scheint kein Zufall zu sein«, sagte Taro auf einmal, »dass sich die Fähigkeit der Empathie so stark in dir entwickelt. Du nimmst die Einheit viel stärker wahr als wir alle. Ähnlich wie die Königin. Und das scheint wichtig für dich zu sein. Du solltest diese Fähigkeit vielleicht nicht blockieren.«

»Sie wäre fast kollabiert«, sagte Nikolas wütend zu Taro. »Genauso wie unsere Mutter! Ich *musste* sie blockieren.«

»Schon gut!«, entgegnete Taro mit einer beschwichtigenden Geste. »Aber du kannst sie nicht immer blockieren! Irgendwann muss sie lernen, damit umzugehen.«

»Natürlich! Willst DU es ihr beibringen?«, schnauzte Nikolas ihn an.

»Liebend gern!«, schnauzte Taro zurück und machte einen wütenden Schritt auf ihn zu.

Nikolas ging ihm wutentbrannt entgegen. »Deine Lehrmethoden kenne ich ja!«, schrie er.

Alea sprang jetzt zwischen die beiden und breitete die Arme aus: »STOPP! Kontrolle!«

Die beiden stoppten sofort.

»Merkt ihr nicht, was gerade passiert?«, fragte sie. »Der Energieanstieg macht euch genauso zu schaffen, wie all den anderen Menschen.«

»Unsinn«, grummelte Taro.

»Ach wirklich?«, entgegnete Alea. »Ob Nikolas Lucys

Fähigkeiten blockiert, um sie zu schützen, geht dich nichts an, Taro! Sie ist nicht deine Frau, sondern *seine*!«

Taro stutzte und sah sie etwas amüsiert an. »Hat hier noch jemand Probleme mit dem Energieanstieg?«

Alea wurde rot, ignorierte ihn aber und wandte sich Nikolas zu. »Und du!«

Nikolas zuckte zusammen.

»Du kämpfst immer noch mit den Schuldgefühlen deiner Mutter gegenüber. Deswegen gehst du bei jeder Kritik in die Luft!«

Nikolas wich einen Schritt zurück und musste zerknirscht zugeben, dass sie recht hatte. Nur seinetwegen lag seine Mutter momentan in einer Art Koma. Und nur seinetwegen war sie überhaupt verschwunden gewesen. Deswegen war er so vorsichtig mit Lucy. Er wollte nichts tun, das sie in irgendeiner Art gefährdete. Und wenn jemand Kritik an ihm übte... Ja, Alea hatte recht. Er musste wohl endlich einmal Frieden mit sich schließen.

Lucy betrachtete sich das ganze Spektakel und musste lachen. So herzhaft, dass Miriam, die die ganze Zeit stumm daneben gestanden hatte, mitlachte.

Alea, Taro und Nikolas sahen sie überrascht an.

»Oh Leute«, sagte Lucy, »es tut so gut, dass ihr genau dieselben Probleme habt wie wir. Danke!«, lachte sie. »Das hat wirklich gut getan!«

Taro lachte ebenfalls. »Du bedankst dich für unseren Streit?«

»Ja! Jetzt fühle ich mich viel besser.«

Alle drei guckten verstört.

Miriam versuchte, es ihnen zu erklären: »Dass ihr auch manchmal über eure eigenen Füße stolpert, gibt einem einfach das Gefühl, dass man nicht total unfähig und unterentwickelt ist. Ihr macht auch manchmal Fehler. Und das tut gut. Ihr könnt einen manchmal ganz schön einschüchtern, so perfekt, wie ihr immer rüber kommt.«

Jetzt mussten alle drei schmunzeln. Die Stimmung lockerte sich und der Streit verflog in Sekundenschnelle.

»Okay«, seufzte Nikolas. »Offenbar geht dieser Energieanstieg tatsächlich nicht spurlos an uns vorbei. Wir müssen unsere Baustellen genauso bearbeiten wie jeder andere. Diese Entwicklung passiert weltweit. Lumenia ist davon nicht ausgeschlossen.«

10

AUFSTAND

Auf den Straßen war die Hölle los. Die Menschen tobten vor Wut, schmissen mit Gegenständen nach der Polizei und schrien Parolen. Innerhalb kürzester Zeit hatten sich Menschenmassen in der Innenstadt angesammelt, die sich fast gegenseitig erdrückten. Die Polizei war mit einem riesigen Aufgebot vor Ort und mahnte die Menschen über Megaphone, friedlich zu sein.

Als Lucy mit den Lumeniern eintraf, holte sie tief Luft und versuchte, in dem wirbelnden Chaos an fremden Gedanken und Gefühlen in Erfahrung zu bringen, was passiert war. Aber sie fand es nicht heraus. Offenbar kannte niemand die Ursache, die diesen Aufstand ausgelöst hatte. Die Menschen hatten sich einfach mitreißen lassen. Als seien sie angesteckt worden.

»Vermutlich ist auch genau das passiert«, sagte Taro zu Lucy.

Sie standen in sicherem Abstand zum Geschehen und machten allesamt entsetzte Gesichter. Die Situation war kurz davor, zu eskalieren.

Lucy sah Taro fragend an und erfuhr dann in seinen Gedanken, was er meinte. Die ansteigende Energie hatte nicht nur Lucys Empathie gesteigert, sondern auch die Empathie anderer Menschen. Es hatte nur einen kleinen Funken gebraucht, eine winzige Situation, die nur *einen* Menschen in einen inneren Kampf gerissen hatte. Und dieser Funke war dann auf alle anderen Menschen übergesprungen, so dass sie glaubten, dieser Kampf fände in ihnen selbst statt.

Vielleicht ist nur einer von ihnen in einen Kampf abgerutscht, dachte Taro, *in dem Moment, in dem die Energie angestiegen war, und hatte alle anderen Menschen mitgerissen. Weil sie durch ihre plötzliche Empathie genau dasselbe gefühlt hatten wie er.*

Lucy erkannte mit Schrecken, was hier gerade geschah. Sie waren Eins! Sie alle waren mit einem Mal verbunden. Verschmolzen zu einer Einheit. Was einer fühlte, fühlten alle. Selbst die Polizei, die auf der anderen Seite stand und versuchte, die Menschen in Schach zu halten, konnte diesen Kampf fühlen. Doch ihrer beider Kämpfe richteten sich gegeneinander. Sie konnten mit diesem plötzlichen Anstieg ihres Bewusstseins nicht umgehen. Die Situation war explosiv!

»Was sollen wir jetzt machen?«, fragte Miriam und wich einen Schritt zurück, als ein Mann schreiend und mit hoch erhobener Faust an ihr vorbei lief. »Freiheit! Freiheit!«, schrie er. »Nieder mit den korrupten Politikern!«

»Wir werden das Schlimmste verhindern«, sagte Alea. Sie stand mit einer Gruppe weißer und blauer Gardisten neben ihnen und betrachtete sich das Szenario mit einer Mischung aus Unverständnis und Mitgefühl. Viele der Gardisten sahen ängstlich aus. Sie hatten diese Welt teilweise noch nie betreten und waren schockiert über diesen Anblick. Dennoch hatten sie sich völlig unter Kontrolle und würden in Sekundenschnelle handeln, wenn es soweit war.

Lucy spürte, obwohl sie kaum mehr klar denken konnte, einen solchen Drang zu helfen, dass sie jetzt direkt in die Menschenmassen marschierte. Nikolas versuchte, sie in Gedanken zurückzurufen, doch sie ging einfach weiter. Die erste, die ihr folgte und einen Augenblick später neben ihr stand, war Miriam. Ihnen folgten Nikolas und Hilar. Und kurz darauf war die ganze Armee bei ihnen.

»Was hast du vor?«, fragte Miriam ihre Freundin.

»Ich weiß nicht«, gestand Lucy. »Irgendwas fällt uns schon ein.« Woher hatte sie plötzlich diese Zuversicht und diese Stärke? Woher kam dieser Mut? Sie hörte Taro hinter sich lachen und wandte sich um.

Schon unseren kleinen Ausrutscher vergessen?, fragte er grinsend. *Du bist nicht mehr die Lucy von früher.*

Die Erinnerung schlug erneut in ihrem Bewusstsein ein wie ein Blitz. Er hatte recht! Sie hatte sich verändert. Ihre Schatten integriert, die *er* ihr gespiegelt hatte. Sie grinste ebenfalls und piekste ihn neckend mit dem Finger. *Stimmt*, dachte sie. *Ich bin jetzt wie du.* Dann wandte sie sich wieder um und blickte entschlossen die Menschenmenge an.

»Bereit halten!«, rief Taro seinen Gardisten zu.

Die Menschen wurden immer aggressiver. Es flogen Flaschen durch die Luft, die gegen die Schutzschilde der Polizisten knallten. Als eine davon jedoch ihr Ziel verfehlte und auf Lucy zuflog, da sie ganz vorn stand, zog sie schnell den Kopf ein und Miriam riss sie zur Seite. Doch Alea hatte die Flasche schon aufgehalten. Lucy sah nur noch, wie vor ihr winzige Glaspartikel zu Boden rieselten und warf Alea einen dankbaren Blick zu.

Jederzeit, dachte Alea und zwinkerte Lucy lächelnd zu.

Lucy war froh, dass Alea sie nicht hasste. Sie hätte es verstanden, wenn es so wäre. Sehr gut sogar. Sie hätte es ihr nicht einmal übel genommen, wenn sie ihr die Flasche an den Kopf hätte fliegen lassen. Sie sah, wie Alea über ihre Gedanken lachte und war so erleichtert, dass sie für einen Moment vergaß, sich auf ihre mentale Mauer zu konzentrieren, die die fremden Emotionen und Gedanken der Leute von den ihren unterschied. Nikolas hatte ihr solch eine Mauer errichtet, um die einströmenden Energien zumindest ein wenig zu filtern. Doch jetzt nahmen die Emotionen wieder Überhand. Die inneren Kämpfe der Menschen, ihre Wut, ihr Hass und auch ihre Angst rissen sie erneut in einen Abgrund, der sie in die Knie zwang. Sie fiel zu Boden, stützte sich mit den flachen Händen auf dem Asphalt ab und atmete schwer. Nikolas legte einen Arm um sie und bat sie gedanklich, doch noch mit ihm nach Lumenia zu kommen. Aber sie schüttelte mit dem Kopf.

In diesem Moment geschah es. Die Polizei hatte die Menschen mehrmals gewarnt und wollte nun ihre Drohung wahrmachen, mit Tränengas zu schießen. Lucy sah erschrocken auf. Sie sah Jugendliche und Kinder. Frauen, die mit ihren Männern Hand in Hand dastanden, sich liebten und gemeinsam für etwas kämpften. Menschen, die so voller Liebe waren, voller Kampfgeist, Hilfsbereitschaft und Nächstenliebe. Sie waren alle wie sie. Sie sehnten sich nach

Glück und kämpften gegen alles, was sie unglücklich machte. Wie sie. Sie wollten doch nur glücklich sein. Jeder wollte das. Und sie kämpften so hart dafür, ohne zu ahnen, dass sie sich dadurch immer weiter vom Glück entfernten. Sie konnte nicht zusehen, wie sie mit Tränengas beschossen wurden, nur weil sie glücklich sein wollten. Das war doch der einzige Grund, warum sie hier kämpften. Auch wenn sie es selbst nicht verstanden.

In dem Moment, in dem die Polizisten das Tränengas abfeuerten, stand Lucy auf und schloss die Augen. Sie kämpfte nicht mehr dagegen an, alles fühlen zu können, was die Menschen hier fühlten. Sie erinnerte sich an Taros Worte und ließ es einfach zu, ließ die Gefühle und Gedanken durch sich hindurch strömen. Ohne Abwehr. Ohne Kampf. Vielleicht hatte Taro recht und sie musste sich davor gar nicht schützen. Vielleicht war das alles wirklich kein Zufall, dass sich diese Fähigkeit so rasant in ihr entwickelte. Vielleicht... ja vielleicht konnte sie ihr jetzt nützlich sein. Sie überwand ihre Angst und ließ alles hinein. Einfach alles. Und in diesem Moment spürte sie ihre Verbindung mit all diesen Menschen. Sie war Eins mit ihnen. Mit jedem einzelnen verbunden, als seien sie alle ein einziges Wesen mit nur einem Bewusstsein. Und dieses Bewusstsein war *sie*. Jeder von ihnen hätte es in diesem Moment genauso spüren und dieses Bewusstsein als sein eigenes wahrnehmen können, doch sie waren zu sehr in ihren Kämpfen verstrickt. Sie spürten die Einheit nicht. Doch Lucy nahm sie ganz deutlich wahr. Sie *war* die Menschenmenge. Die Demonstranten ebenso wie die Polizisten. Und sie war all ihre Gedanken und Gefühle. Sie war ihr Bewusstsein. Und sie beschloss nun, für jeden einzelnen Menschen hier Euphoria zu spielen. Das Spiel der Götter.

Sie nahm alle Gefühle in sich auf und hob sie in eine andere Ebene hinauf. Durch Akzeptanz und Liebe. Absichtslos und frei. Sie nahm Frieden wahr, wo Kampf herrschte. Sie spürte Harmonie im Chaos, in dem sie stand. Und sie fühlte Liebe. Für alle. Sie hob diese Gefühle so sehr in sich an, dass sie in Bruchteilen von Sekunden völlig high vor Glück war. Sie spürte, wie dieses Bewusstsein jeden Menschen hier durchdrang, denn jeder Mensch *war* ihr Bewusstsein. Es war ihnen nur nicht klar. Sie spürten sie – denn sie waren Eins mit ihr. Sie spürten sie so deutlich, dass auf einmal alles ruhig wurde.

Als Lucy die Augen öffnete, sahen sich die Menschen irritiert um, als würden sie sich fragen, was sie hier machten. Manche starrten perplex in die Luft, wo die Geschosse schwebten und mit einigen Flaschen und anderen Gegenständen ein lustiges Bild abgaben. Aus dem Augenwinkel erkannte Lucy, dass Miriam mit erhobenen Armen dastand, als würde sie all die Gegenstände in der Luft festhalten. Und genau das tat sie auch. Sie war schneller gewesen als jeder Lumenier und hatte jeden Gegenstand, der sich in der Luft befand, angehalten. Und scheinbar konnte sie es selbst nicht fassen. Sie starrte mit großen Augen in die Luft und ließ langsam die Arme sinken, wobei auch die Gegenstände langsam auf den Boden hinab schwebten. Die Menschen gingen zur Seite und starrten ungläubig auf den Boden. Keiner von ihnen verstand, was hier geschah.

Manche Kinder traten gegen die Geschosse, doch es trat kein Gas aus.

Mit einem Mal löste sich die Menge auf und die Polizisten nahmen ihre Schutzschilde hinunter. Es war surreal. Als wäre nie etwas gewesen, gingen alle friedlich auseinander. Die Polizisten guckten sich verdutzt an.

Und ebenso verdutzt guckte Lucy. Sie wandte sich zu Miriam um und machte ein anerkennendes Gesicht. »Gut gemacht!«, sagte sie zu Miriam, die immer noch mit aufgerissenen Augen dastand und abwechselnd ihre Hände und dann die Gegenstände betrachtete.

»Ebenso, Lucy!«, rief jemand hinter ihr. Lucy drehte sich um und blickte Paco ins Gesicht. Sie hatte gar nicht gewusst, dass er auch hier war. Er sah wirklich beeindruckt aus. So wie jeder Lumenier, der ihr nun anerkennende Blicke zuwarf.

Lucy konnte kaum fassen, was sie gerade getan hatte. Sie hatte einen äußerst explosiven Aufstand in Luft aufgelöst. Und genauso wenig konnte sie fassen, was Miriam getan hatte!

»Ihr zwei«, sagte Alea auf einmal und trat vor. Sie schüttelte fassungslos aber ebenso beeindruckt wie die anderen mit dem Kopf. »Ich glaube, ich muss mich mal mit euch unterhalten. Ihr wärt perfekte Gardisten!«

10
TRAINING

Wenn man empathisch war, war es weitaus angenehmer in Lumenia zu sein, als in ihrer Welt, dachte Lucy. Sie wollte sich gar nicht ausmalen, wie es für die Königin gewesen sein musste, als sie die Gefühle und Gedanken der ganzen Welt wahrgenommen hatte. Lucy war schon mit einem viel kleineren Umkreis völlig überfordert gewesen. Nikolas hatte recht. Die Königin hatte Glück gehabt, dass sie ihr Gedächtnis verloren hatte, als sie in ihre Welt abgestürzt war. Wenn sie bei vollem Bewusstsein gewesen wäre, hätte es vermutlich nicht lange gedauert und diese Welt hätte sie mit all ihrem Leid zerstört.

»Liegt sie eigentlich immer noch im Koma?«, fragte Miriam und betrachtete sich die kleinen Figuren, welche in die Eingangstür zum Gardezentrum eingearbeitet waren. Lucy hatte sich schon daran gewöhnt, dass Miriam mittlerweile ebenso gut Gedanken lesen konnte wie sie.

»Es ist eine Art Schlaf«, erklärte Lucy. »Nikolas meint, sie hat sich selbst in diesen Schlaf versetzt, um sich zu erholen.«

Sie standen erst seit ein paar Minuten hier und warteten auf Alea, die ihnen den Gardistenberuf zeigen wollte, um sie vielleicht dafür zu gewinnen. Jeder einzelne Gardist war sehr beeindruckt von Lucys und Miriams Fähigkeiten gewesen. Und Lucy hatte ihre Empathie zum zweiten Mal als eine Stärke erkannt und nicht als einen Fluch, so wie sonst. Das erste Mal hatte sie es erkannt, als sie sich Taros Fähigkeiten beim Tanz der Götter einverleibt hatte. Ihre Empathie war also nicht nur schlecht, sondern manchmal auch nützlich, was Alea ebenfalls erkannt hatte. Und da sie in Lumenia unter Anderem Gardisten ausbildete, war ihr natürlich sofort in den Sinn gekommen, Lucy und Miriam vielleicht zu einer Ausbildung zu bewegen. Nach dem Ereignis in Lucys Heimatstadt hatte Alea die beiden gleich mitgenommen. Lucy hatte noch gar keine Gelegenheit gehabt, sich zu erholen oder überhaupt zu registrieren, was alles geschehen war. Sie war noch völlig benommen.

»Das hat sie wahrscheinlich mit Absicht gemacht«, sagte Miriam. »Sie wollte dich bestimmt aus dem ganzen Getümmel einfach rausholen.«

»Dann meinte sie das mit dem Gardisten-Beruf gar nicht ernst, meinst du?«, fragte Lucy irritiert.

»Ich weiß nicht. Hättest du je gedacht, dass du mal Gardistin wirst?«, fragte Miriam sie und lachte dabei, weil sie nicht glauben konnte, dass sie hier wirklich stand und darauf wartete, von der Frau ausgebildet zu werden, die sie am meisten verehrte. Alea. Ihr Vorbild.

»Niemals«, lachte Lucy. »Ich dachte, ich werde Heilpraktikerin, sitze in meiner Praxis und heile Menschen. Aber irgendwie…«, seufzte sie, »scheint sich gerade alles zu verändern.«

»Mir ging es wie dir«, sagte Miriam jetzt. »Ich habe diesen Bürojob auch nicht mehr ausgehalten. Es kam mir vor, als würde ich mich selbst vergewaltigen, wenn ich noch mal da hingehe.«

Lucy nickte verständnisvoll. »Taro sagt, es liegt an der hohen Energie. Wenn man in einem bestimmten Energielevel ist, kann man nichts mehr tun, was einem nicht entspricht. Es fühlt sich dann unerträglich an.«

»Hey, ihr zwei!«

Sie fuhren beide herum und sahen Alea auf sie zukommen. Sie war eine Augenweide. Wie immer. In ihrer weißen Uniform sah sie nicht nur wunderschön, sondern auch sehr majestätisch und respekteinflößend aus.

»Tut mir leid, ich bin aufgehalten worden. Momentan ist viel los. Ihr wisst ja.« Sie zwinkerte kurz und zog dann die Tür zum Gardistenzentrum auf. »Bereit?«

Lucy und Miriam hatten wildes Bauchkribbeln, als sie das Gebäude betraten. Sie waren schon oft hier gewesen, doch es war das erste Mal, dass es dabei um *sie* ging und nicht um Nikolas oder Hilar oder einen anderen Gardisten. Die große Halle, die sie durchschritten, wirkte auf einmal wie eine Einladung in ein neues Leben.

»Hier unten wird der ganze Papierkram erledigt«, berichtete Alea und macht eine ausladende Handbewegung. »Aber es ist nicht annähernd so viel wie bei euch.« Sie lachte süß und ging weiter durch einen Korridor, an dessen Ende sich gerade ein Fahrstuhl öffnete. Sie traten ein und fuhren ein paar Stockwerke nach oben. »Ich dachte, ich zeige euch erst mal das Interessanteste«, sagte sie gut gelaunt und führte die beiden erneut durch einen langen, lichtdurchfluteten Korridor. An den Wänden hingen Bilder von Ortsteilen Lumenias. Eines davon zeigte das Kuppelgebäude, in dem der Kristall beherbergt wurde. Lucy und Miriam sahen sich interessiert alles an und vergaßen allmählich, was vor nicht einmal einer Stunde passiert war. »Das wird besonders dich interessieren, Lucy«, sagte Alea jetzt und öffnete eine riesige Flügeltür, nachdem sie eine weitere Halle durchquert hatten. Der Raum, den sie nun betraten, sah ein wenig aus wie ein Kino. Es gab viele Reihen mit Stühlen, zu denen man aber erst ein paar Stufen hinab steigen musste. Sie zeigten alle auf einen riesigen Bildschirm, der an der Wand befestigt war und vor dem einige Tische mit piepsenden Computern standen. Alea ging zu einem der Tische hin und drückte eine Taste, woraufhin sich ein Bild auf der Leinwand zeigte. Es war eine Art Satellitenbild.

»In diesem Raum«, begann Alea zu erzählen, »haben wir dich gesucht, Lucy.«

Lucy machte große Augen und kam näher. »Wie bitte?«

»Wir haben die Kristallsplitter geortet, die in eure Welt eingedrungen waren. Und da sich einer davon in deinem Körper befunden hatte, hatten wir genau sehen können, wo du warst«, sagte sie und deutete auf das Satellitenbild.

Lucy erinnerte sich an den Tag, an dem Nikolas sie in der Innenstadt einfach geschnappt hatte und mit ihr weggelaufen war und lachte innerlich. Sie hatte ihn angeschrien, sie loszulassen, weil sie dachte, er sei ein Irrer. Und jetzt … war sie quasi mit ihm verheiratet.

»Er hat genau da gestanden, wo du jetzt stehst, als er den

Auftrag erhalten hat, dich zu finden«, erzählte Alea. »Er hat Angst gehabt, in deine Welt zurückzukehren, aber Quidea hat an ihn geglaubt. Und Hilar«, sie sah jetzt Miriam an, »hat ihn beschützen wollen und sich gegen diesen Auftrag gewehrt. Wir haben alle gespürt, dass irgendetwas geschehen würde und hatten befürchtet, er würde nicht zurückkommen. Da hatten wir noch keine Ahnung, was hinter all dem wirklich gesteckt hat.«

Lucy hörte ihr gern zu. Es gefiel ihr, mehr über Nikolas' Leben in Lumenia zu erfahren. Zu wissen, wo er wann gewesen war, was er getan hatte und wie dieses ganze Abenteuer begonnen hatte. Das fand sie so spannend, dass die Ereignisse in der Innenstadt nun vollständig in Vergessenheit gerieten.

Auch Miriam hörte ihr gespannt zu. Sie wünschte sich, mehr über Hilar zu erfahren und so zeigte Alea ihr Hilars Appartment, das ganz in der Nähe von Nikolas' früherem Appartment lag. Als Lucy es betrat, konnte sie regelrecht seine Aura spüren und seine Gedanken hören, die er früher in diesen Räumen gedacht hatte. Es war verrückt, aber sie spürte es tatsächlich. Auch seine Gefühle hingen noch in der Luft und in den Möbeln. Er war anders gewesen. Impulsiver. Das spürte sie deutlich. Es war erstaunlich, wie weit sich ihre Empathie schon entwickelt hatte. Jetzt nahm sie schon vergangene Gefühle wahr.

Alea lachte. »Oh ja«, sagte sie. »Er war sehr impulsiv. Aber seit er dir begegnet ist«, sie sah Lucy anerkennend an, »hat er sich sehr weiterentwickelt und verändert. Er ist ruhiger geworden, bedachter und vernünftiger. Früher hat er so oft die Kontrolle über seine Gefühle verloren, dass ich es gar nicht mehr zählen kann. Manchmal vermisse ich seine Ausrutscher. Die haben immer sehr viel Leben hier reingebracht und es gab immer etwas zu tun. Vielleicht hat er es auch oft mit Absicht getan, um uns zu ärgern.«

Lucy lachte und konnte sich lebhaft vorstellen, wie das ausgesehen haben musste. Doch auf einmal fragte sie sich wieder, ob er sein Leben hier vermisste. Er würde es ihr nie sagen, wenn es so wäre. Das wusste sie. Er wollte ihr keine Sorgen bereiten und die würde sie sich zweifellos machen, wenn sie erfuhr, dass er Heimweh hatte.

»Natürlich«, sagte Alea jetzt, »wird er sein Leben hier ab und zu vermissen. Aber er hat sich für ein Leben bei dir entschieden, Lucy. Und damit ist er sehr glücklich. Weil er dir nah sein kann. Er hat sich nichts mehr gewünscht, als das.«

Lucy wurde bei ihren Worten warm ums Herz, doch sie beruhigten sie nicht wirklich. Sie wollte, dass Nikolas glücklich war. Offensichtlich war er das auch mit ihr, aber sie hatte das Gefühl, dass ihm etwas fehlte. Ein großes Stück, das er für sie aufgegeben hatte. Und sie fragte sich, wie sie ihm dieses Glück zurückgeben konnte, während sie und Miriam Alea wieder in den Korridor folgten. Dort sprach Alea über die Wohneinheiten und die Arbeitszeiten der Gardisten. Im Fahrstuhl erklärte sie ihnen die drei Gardistenstufen in Lumenia und welcher Stufe sie angehören würden, wenn sie die Ausbildung absolvierten.

»Die grünen Gardisten sind für den Frieden zuständig. Sie beenden Kämpfe, wenn welche aufkommen sollten, weshalb du perfekt für diesen Job geeignet wärst, Lucy. Sie beschützen aber auch den Kristall und sind für diverse andere Aufgaben eingeteilt. Im Großen und Ganzen halten sie die Schwingungen aufrecht. Sie spüren sofort, wenn es eine Disharmonie gibt und sind sofort vor Ort, um sie zu harmonisieren. Außerdem«, sagte sie und öffnete die Tür zu einer großen Sporthalle, »sind sie perfekte Telekineten und Hochleistungssportler.« Dabei sah sie Miriam an.

Sie betraten den großen Raum und betrachteten staunend die Sportgeräte, die ein wenig anders aussahen, als in ihrer Welt. Sie standen im ganzen Raum verteilt, an manchen Stellen hingen dicke Seile von den Decken und in der Mitte der Halle lag eine riesige, grüne Matte, die etwa zwei Meter dick sein musste.

»Die blaue Garde trainiert hier auch«, erklärte Alea und deutete auf die Matte. »Sie sind auf Kämpfe spezialisiert und trainieren die Abwehr mit Energiestößen.«

Lucy dachte sofort an Taro, der sie mit einem solchen Energiestoß durch ihr ganzes Wohnzimmer geschleudert hatte. Und auch wenn es sie sehr erschreckt hatte, war sie doch bbeindruckt von dieser Kraft gewesen und hatte sich gewünscht, auch selbst einmal eine solche Fähigkeit zu beherrschen. Sie schritt näher in den Raum und betrachtete sich all die Geräte mit einer solch aufsteigenden Faszination, dass sie am liebsten sofort begonnen hätte, zu trainieren. Sie wollte auch so kämpfen können wie Taro. Genauso stark sein und ebenso geschickt und schnell. Sie wollte ihre Kraft einsetzen, um Menschen zu helfen. Um sie zu beschützen, so, wie sie von Taro und Nikolas beschützt wurde. Sie wollte dasselbe für andere Menschen tun. Plötzlich dachte sie an Nikolas, der mit ihr aus dem Fenster eines Hochhauses gesprungen und samtweich auf dem Boden aufgekommen war. Sie wollte auch das können! Sie hätte es sich niemals zugetraut, so etwas allein zu trainieren. Doch jetzt, wo sie hier stand, mitten im Trainingsraum der Gardisten, war diese Idee nicht mehr allzu fern. Alea schien es wirklich ernst zu meinen. Und Lucy spürte plötzlich den unwiderstehlichen Drang, diese Ausbildung wirklich zu absolvieren. Ja, sie wollte Gardistin werden und sie wollte all ihre Kräfte in diese Aufgabe stecken. Sie empfand bei diesem Gedanken ein solches Hochgefühl, dass ihre Energie rapide anstieg.

»Ich glaube, du steckst sie besser zu den blauen Gardisten«, sagte auf einmal eine bekannte Stimme.

Lucy drehte sich um und sah Taro in den Raum kommen. Er trug seine blaue Uniform und streichelte Alea beim Vorbeigehen über den Rücken.

»Ja, das denke ich auch«, bestätigte Alea grinsend.

Miriam stand neben Lucy und hatte wohl gerade dieselben Gedankengänge gehabt wie sie. Und vermutlich hatten sie sich mit ihren Gefühlen gegenseitig hoch gepusht. Wie schon so oft. Sie sahen sich an und kicherten glücklich.

»Lust auf ein bisschen Training?«, fragte Taro freudig.

Sie nickten beide energisch und sahen ihn erwartungsvoll an. Lucys erste Frage war, wie er die Sache mit den Energiestößen machte, woraufhin er Miriam und Lucy voreinander stellte und Lucys Hände vor Miriams Brust platzierte.

»Ganz einfach«, sagte er. »Du kannst nichts verändern, das du als von dir getrennt wahrnimmst.«

Lucy blickte ihn nachdenklich an. »Wie?«

»Du kannst nichts verändern, das du als von dir getrennt wahrnimmst«. Wiederholte er. »Du musst dich damit vereinen. Eins damit werden. Damit dürftest du als Empathin ja keine Probleme haben.«

Sie starrte ihm lange in die Augen. Wieder hatte sie das Gefühl, dass diese Wahrheit, die er gerade ausgesprochen hatte, wahnsinnig wichtig war. Dann sah sie Miriam an. Sie musste sie also als Teil von sich selbst wahrnehmen? So, wie sie es bei dem Aufstand in ihrer Stadt gemacht hatte? Jetzt kam die Erinnerung daran doch wieder zurück.

Taro nickte. »Das ist das ganze Geheimnis. Du kannst alles beeinflussen, wenn du es als Teil von dir selbst betrachtest. Es ist sowieso nichts voneinander getrennt. Alles ist miteinander verbunden. Sieh Miriams Körper, ihren Geist und ihr Bewusstsein als Teil von dir. Das fällt dir ja nicht schwer.«

Lucy schüttelte mit dem Kopf und lächelte. Nein, das fiel ihr wirklich nicht schwer. Und wieder erkannte sie, dass ihre Fähigkeit kein Fluch, sondern eine große Kraft war.

»Aber nicht so doll!«, mahnte Miriam.

»Verschmelze mit ihr«, sprach Taro weiter. »Werde Eins mit ihrem Körper. Spürst du sie?«

Lucy fühlte sich so sehr in Miriam hinein, dass sie ihren Herzschlag spürte und ihre Arme und Beine wahrnehmen konnte. Jedoch fühlte sie nicht nur Miriams Körper und Bewusstsein, sondern auch Taros und Aleas.

»Verbinde dich auch mit dem Raum zwischen euch. Du bist sie, du bist die Luft und du bist du selbst.«

Lucy tat, was er sagte und fühlte den Luftraum zwischen sich und Miriam. Und den Luftraum zwischen sich und Taro, zwischen Taro und Alea und … sie spürte die gesamte Luft in diesem Raum.

»Und jetzt stell dir vor, wie sich dieser Raum zwischen euch ausdehnt. *Du* bist der Raum, der weiter wird. Dehne dich aus und spüre gleichzeitig, wie ihr Körper, der *du* bist, weggedrückt wird.«

Lucy dehnte sich in ihrer Vorstellung aus und versuchte, sich vorzustellen, wie sich dies für Miriam und auch für sie selbst anfühlte. Und in dem Moment schob sich ihr Körper nach hinten. Ebenso wie Miriams. Es fühlte sich an, als würde sie eine unsichtbare Wand auseinander drücken.

»Wow!«, rief Lucy erstaunt aus. »Das ist ja total einfach!«

»Ja, nur…«, sagte Taro etwas besorgt.

Doch Lucy machte gleich weiter.

»Ähm, Lucy?« Aleas Stimme klang für sie, als habe sie gerade selbst ihren Namen ausgesprochen, weil sie sich fühlte, als *sei* sie Alea. Sie dehnte sich weiter aus. Jetzt aber stärker und schneller.

»Lucy!!«, rief Alea erneut.

Jetzt wurden Lucy und Miriam ruckartiger nach hinten gedrückt. Es machte ihr richtig Spaß! Sie dehnte sich noch stärker aus und auf einmal gab es einen heftigen Ruck und sie flog etwa zwei Meter rückwärts durch den Raum. Ebenso Miriam. Und im selben Moment sah sie, wie auch Taro und Alea zurückgeworfen wurden. Lucy landete unsanft auf dem Po und rief ihnen eine Entschuldigung zu. Doch Taro lachte nur.

»Typisch«, sagte er amüsiert. »Sie soll sich mit Miriam verbinden und verbindet sich mit dem ganzen Raum.«

Lucy sah sich um und stellte entsetzt fest, dass sich die Geräte in dem Raum ebenfalls von ihr weggerückt hatten.

»Oh«, machte sie.

Jetzt lachte auch Alea und rappelte sich wieder hoch. »Du sollst dich nur mit dem verbinden, was du beeinflussen willst«, sagte sie lachend und rieb sich die Pobacke. »Und nicht mit *allem*.«

Lucy sah sie bei diesen Worten nachdenklich an. Und auf einmal wurde ihr bewusst, warum Alea so sehr darauf bestanden hatte, sie sofort mit nach Lumenia mitzunehmen und sie zu einer Gardisten-Ausbildung zu bewegen. Und warum sie bereits mit einem Training angefangen hatten. »Ihr habt Angst«, stellte sie entrückt fest. Dabei sah sie von Alea zu Taro und wieder zurück. Die beiden widersprachen nicht. »Angst, dass ich die Kontrolle darüber verliere.«

Taro trat vor. »Lucy, du weißt, dass du schon öfter Probleme mit deinen ausufernden Fähigkeiten hattest. Wir wollen dir nur helfen, damit umzugehen und...«

»Warum sagt ihr mir dann nicht einfach die Wahrheit?«, schnauzte sie ihn wütend an. »Anstatt mir eine Gardisten-Ausbildung vorzugaukeln!«

»Beruhige dich«, sagte Alea sofort mahnend und erinnerte sie gedanklich daran, dass sie hier in Lumenia war. »Ich habe dir nichts vorgegaukelt, Lucy!«, verteidigte Alea sich. »Diese Ausbildung wäre perfekt für euch. Ihr seid Naturtalente und euch hier einzubinden war eine *echte* Idee.«

Doch Lucys Wut ließ sich nicht zügeln. Sie marschierte direkt auf die Tür zu, um so schnell wie möglich das Land zu verlassen, bevor sie noch irgendeinen Schaden anrichtete.

»Okay!«, rief Taro ihr hinterher. »Wir diskutieren schon seit einer Weile darüber.«

Jetzt blieb Lucy stehen.

»Alea will dich und Miriam schon länger für die Ausbildung gewinnen«, erklärte Taro und kam dabei auf sie zu. »Und auch der Rest der Garde. Sie sind ziemlich beeindruckt«, fuhr er fort.

Lucy drehte sich zu ihm um.

»Nur Nikolas war nicht so begeistert davon«, sagte er dann.

Lucy runzelte die Stirn. »Warum?«

»Er wollte warten, bis du etwas gefestigter bist. Und alles etwas ruhiger geworden ist, bevor wir dir diese Idee vorschlagen«, erklärte er. »Aber dann«, fuhr er fort, senkte den Blick und seufzte, »ist unsere Mutter ins Koma gefallen, weil ihre Fähigkeit sie überwältigt hat. Eine Fähigkeit, die auch bei dir sehr stark ausgeprägt ist.«

»Und dann hat er zugestimmt«, schlussfolgerte sie.

Taro nickte.

Lucy verstand, was in ihnen allen vorging. Sie wollten ihr helfen und vermeiden, dass ihr dasselbe passierte, wie der Königin. Aber sie war trotzdem wütend. Und sie verstand nun auch, warum Nikolas vorhin so aus der Haut gefahren war, als es darum ging, Lucys Fähigkeiten zu trainieren, anstatt sie zu blockieren. »Könnt ihr solche Sachen nicht mit *mir* besprechen?? Anstatt hinter meinem Rücken über mein Leben zu bestimmen??«, schimpfte sie. Jetzt wurde sie auch wütend auf Nikolas, dass er ihr nichts darüber gesagt hatte.

»Da hat sie absolut recht!«, rief Miriam verteidigend von weiter hinten und verschränkte wütend die Arme vor der Brust.

»Ja«, sagte Alea dann kleinlaut. »Wir hätten es auch noch mit dir besprochen. Aber es ging in letzter Zeit einfach alles zu schnell. Die Ereignisse überschlagen sich ja geradezu. Wir wollten dich nicht überfordern.«

Lucy rollte mit den Augen. Den Spruch kannte sie von Nikolas und langsam ging er ihr wirklich auf die Nerven. »Hört endlich auf damit, mich zu schonen! Ich werde schon nicht auseinander fallen!«

Taro lachte. »Nein, aber die Sporthalle könnte in die Luft fliegen. Oder... dein Haus.« Wieder lachte er.

Jetzt musste Lucy ebenfalls schmunzeln. Ihre Wut verrauchte, denn sie konnte ihre Beweggründe absolut nachvollziehen, was nicht zuletzt an ihrer steigenden Empathie lag.

»Können wir jetzt weitermachen?«, fragte Taro.

Lucy folgte ihm beschwichtigt zurück in den Raum. Als nächstes sollte es Miriam versuchen, die den Energiestoß viel besser und vor Allem *dezenter* hinbekam als Lucy. Darauf war sie dann so stolz, dass sie am liebsten Hilar davon berichtet hätte. Doch er befand sich momentan in der Gegenwelt und konnte sie nicht hören.

Taro und Alea trainierten den ganzen Tag mit ihnen. Zwischendurch machten sie kleine Pausen, um in der

Gardisten-Caféteria, die wie das Restaurant eines Luxus-Wellness-Hotels aussah, etwas zu essen. Doch dann ging es gleich weiter. Am Ende des Tages waren sie so erschöpft, dass sie vor dem Gardezentrum auf der Bank saßen und keinen Finger mehr rühren wollten.

»Kein Wunder, dass die alle so durchtrainiert sind«, jammerte Miriam. »Mir tut jeder Muskel weh.«

Die Sonne ging bereits unter und tauchte die Straßen Lumenias in das zauberhafte rote Licht, das Lucy so liebte. Es duftete nach Blumen und die Wärme des sonnigen Tages wurde allmählich von einem sanften, kühlen Wind abgelöst, der den Duft von Regen mit sich trug. Die Bäume wiegten sanft hin und her und hier und da ertönte Kinderlachen. Es war so schön hier. Lucy war erneut wie berauscht. Obwohl auch ihr alles weh tat.

»Es ist das Paradies«, kommentierte Miriam ihre Gedanken und Gefühle und reckte dabei die Nase in die Luft, um den Blüten- und Regenduft tief einzuatmen. »Das totale Gegenteil von unserer Welt. Ich frage mich, wie es Hilar und Nikolas bei uns überhaupt aushalten«, fügte sie nachdenklich an.

Lucy nickte. Das fragte sie sich auch. Der Unterschied zwischen dem perfekten Frieden Lumenias und der Welt der Kämpfe, aus der sie stammte, war einfach zu groß, um sie je miteinander vergleichen zu können. Auch wenn ihre Welt gerade dabei war, aufzusteigen, würde es wohl noch lange dauern, bis sie die Perfektion Lumenias erreichen würde.

»Vielleicht geht es aber auch schneller, als wir denken«, entgegnete Miriam. »Hilar vermutet, dass der trennende

Schutzwall Lumenias vielleicht deswegen schwächer wird, weil sich die Welten langsam angleichen. Und vielleicht kannst du auch deshalb über den Schutzwall hinweg Taro hören und Nikolas.«

Lucy sah Miriam nachdenklich an. »Aber dann müsstest du doch auch Hilar hören können.«

»Hm«, seufzte Miriam nachdenklich. »Deine Fähigkeiten sind wohl stärker ausgeprägt«, vermutete sie.

Lucy fragte sich, warum sie Taro über den Schutzwall hinweg hören konnte und auch Nikolas zeitweise, aber Miriam und Hilar, obwohl sie solch starke Gefühle füreinander hatten, es nicht schafften, diese Trennung zu überwinden. Dieser Gedanke ließ sie für den Rest des Tages nicht mehr los. Sie wusste nicht, wieso, aber irgendetwas wurmte sie daran. Es passte einfach nicht zusammen. Als Nikolas sie und Miriam kurz darauf abholte und mit ihr durch das Portal zurück in ihre Welt sprang, fiel ihr ein, dass er es auch schon des Öfteren geschafft hatte, die Schutzmauer ohne einen Portalschlüssel zu überwinden. Und sie fragte sich, ob es da vielleicht einen Zusammenhang gab. Zu Hause quälte sie schließlich das bohrende Gefühl, dass da etwas war, das sie übersah. Etwas Wichtiges. Über diesen Gedanken schlief sie in der Nacht auch ein und träumte von ihren Erlebnissen an diesem Tag. Und immer wieder wiederholte sich Taros Wortwahl in ihrem Traum: »Du kannst nichts verändern, das du als von dir getrennt wahrnimmst.«

11

ERKENNTNIS

»Sie hat einen Portalschlüssel erschaffen??« Hilar konnte es nicht fassen. Er stand mit offenem Mund vor Taro und sah fassungslos von einem zum anderen.

Das ist nicht möglich, waren Pacos Gedanken.

Sie hatten sich auf Taros Bitte hin alle im energiesicheren Raum getroffen, um die Lage Lumenias zu besprechen. Nachdem ihnen Taro eröffnet hatte, dass ein kleiner Tarnstein den Untergang des Landes verursachen wird, waren sie aus allen Wolken gefallen.

»Wie konnte sie so viel Energie aufbringen, einen Tarnstein zu programmieren und ihn gleichzeitig in einen Portalschlüssel zu verwandeln?«, fragte Paco ungläubig. Jedoch schwang in seiner Stimme die pure Begeisterung mit.

»Ich weiß nicht, wie sie das geschafft hat«, seufzte Taro und lehnte sich nachdenklich gegen den Tisch. »Ich weiß nur, dass jemand mit diesem Stein Lumenia betreten könnte und es niemand von uns merken würde.«

»Wir müssen ihn finden«, sagte Nikolas jetzt. Er war während des Gesprächs im Raum auf und ab gegangen und blieb nun entschlossen stehen. »Es muss einen Weg geben.«

»Es gibt immer einen Weg«, entgegnete Alea. »Aber finde mal einen Stein, der das Bewusstsein tarnt. Jeder, der ihn berührt oder auch nur in der Nähe des Steins ist, wird für unsere Wahrnehmung unsichtbar. Das heißt, wir können weder den Stein sehen noch seinen Träger.«

Lucy und Miriam saßen an dem Tisch und verfolgten das Gespräch mit erschrockenen Gesichtern. Sie waren froh, dass sie einem solchen Gespräch überhaupt beiwohnen durften und dass ihnen so weit vertraut wurde, dass sie von diesem Gespräch nichts mit nach außen nehmen würden. Lucys kleiner Wutausbruch gestern hatte sie wohl dazu veranlasst, sie nun mehr in alles einzubeziehen.

Dieses Gespräch musste vorerst geheim bleiben, damit niemand in Lumenia in Panik geriet. Es war dieselbe Situation, in der Taro damals gesteckt hatte, als er als Einziger den Untergang Lumenias gesehen hatte. Jetzt durfte niemand erfahren, dass der Untergang durch eine kleine, simple Kette verursacht werden würde. Würde jeder Lumenier diesen Gedanken kennen, würden sie ihn schon allein dadurch bestärken.

»Vielleicht«, sagte Lucy irgendwann, als alle Lumenier still waren und darüber nachgrübelten, wie sie den Stein finden konnten, »sollten wir praktisch vorgehen.« Alle sahen sie an. Die Lumenier versuchten die ganze Zeit, den Stein mit ihren übersinnlichen Kräften zu finden und vergaßen dabei völlig, dass es auch noch ganz praktische und simple Wege gab. Wege, die jemand gehen würde, der keine übersinnlichen Kräfte besaß und die die Lumenier nicht sahen, da sie sich ein Leben ohne übersinnliche Kräfte gar nicht vorstellen konnten. »Wo hat Maja den Stein zuletzt gehabt? Wer hat ihn gesehen? Wem hat sie ihn gezeigt? Wie sieht der Stein aus? Wie sieht der ganze Anhänger aus? Wer weiß eventuell über Portale Bescheid und könnte ihn nutzen?«

Ihre erstaunten Blicke verrieten ihr, dass sie diese simplen Optionen wirklich noch nicht durchdacht hatten.

»Maja ist sich nicht mehr so sicher, ob sie ihn vielleicht doch mit zu ihrer Aufführung genommen hat«, berichtete Taro. »Dort könnte sie ihn verloren haben und hunderte Menschen könnten ihn gefunden haben.«

»Sie war nur hinter der Bühne«, warf Miriam jetzt ein. »Das schränkt das Ganze ein. Und dort wusste außer uns auch niemand etwas über Portale und wäre damit keine Gefahr.«

»Selbst, wenn derjenige, der den Stein hat, nichts über Portale weiß und darüber, wie man sie nutzt, wird er in Kürze durch die steigende Energie in eurer Welt dieses Wissen erlangen können. In den höheren Schwingungen ist es leicht, sich mit dem gesamten Feld zu verbinden und jede Information abzurufen, die man haben möchte«, erklärte Paco. »Die übersinnlichen Fähigkeiten der Menschen in eurer Welt erwachen langsam. Konzentriert sich diese Person auf den Stein, könnte sie also in dem Moment alles darüber erfahren.«

Lucy und Miriam sahen ihn erschrocken an. Konnte man wirklich jedes Wissen aus dem kollektiven Bewusstseinsfeld abrufen? Egal, um was es sich handelte? Alle nickten gleichzeitig.

»Lucy hat recht«, sagte Taro auf einmal. »Wir sollten

praktisch vorgehen. Da der Stein das Bewusstsein tarnt, nützen uns unsere Kräfte hier nichts. Ich bitte Mika darum, eine Zeichnung der Kette anzufertigen und dann statten wir jedem einen Besuch ab, der am Tag ihres Auftritts und davor in ihrer Nähe war. Außerdem sollten wir noch mal das Haus durchsuchen.«

»Und die gesamte Halle, in der sie ihren Auftritt gehabt hat«, fügte Miriam hinzu.

Alle nickten wieder und machten sich schließlich entschlossen auf den Weg. Lucy und Nikolas gingen zusammen durch den Wald und wählten einen Weg, der an dem großen Kuppelgebäude entlang führte. Lucy sah das Gebäude nachdenklich an und erinnerte sich an das Gefühl, als ein Splitter von dem großen Kristall in ihrem Körper gesteckt hatte. Es war dasselbe Gefühl, das sie gehabt hatte, als sie den Kristall später berührt hatte. Ihr hallten wieder die Worte durch den Kopf, die Nikolas damals zu ihr gesagt hatte und die sie sehr erschreckt hatten.

»Du bist mit ihm verbunden«, sagte er und zitierte sich damit selbst. »Nach wie vor.«

Sie wusste immer noch nicht, was das genau bedeutete. Aber sie wusste, dass sie dadurch in der Lage gewesen war, die Energie des Kristalls umzuleiten, als Taro versucht hatte, die Energie in ihre Welt fließen zu lassen, um ihre Schwingungen anzuheben. Ihr wurde langsam bewusst, dass sich ihre Möglichkeiten immer weiter ausdehnten und sich ihre verstandesorientierten Grenzen auflösten. Bevor sie Nikolas kennengelernt hatte, war ihr Glaube an sich selbst und ihre eigenen Fähigkeiten kaum vorhanden gewesen.

Doch nach und nach hatte sich dieser Glaube immer weiter ausgedehnt. Und je mehr er sich ausgedehnt hatte, umso mehr Fähigkeiten hatten sich in ihr entwickelt. Das war so weit gegangen, dass sie in der Lage gewesen war, die Energie dieses mächtigen Kristalls zu steuern und Taro das Leben zu retten. Sie fragte sich, welche Möglichkeiten wohl noch in ihr steckten, die sie noch gar nicht in Betracht gezogen hatte. Sie sah Nikolas an und dachte an das Gespräch mit dem Ältestenrat, das sie mit ihm geführt hatten, um herauszufinden, wie er ohne Portalschlüssel durch die Welten gereist war. Auch in ihm steckten Fähigkeiten, welche er zuvor nicht in Betracht gezogen hatte, weil allein der Gedanke daran gar nicht in ihm aufgekommen war. Erst in dem Moment, als er nach einem Weg gesucht hatte, diese Grenze zu überschreiten, hatte sich ihm diese Möglichkeit eröffnet.

Er sah sie sehr nachdenklich an. »Du meinst, ich habe es nur geschafft, weil ich diese Möglichkeit in Betracht gezogen habe?«, fasste er ihre Gedanken zusammen.

Sie fühlte sich in ihn hinein und versuchte nachzuempfinden, wie er sich in dem Moment, in dem er diesen unmöglichen Portalsprung gewagt hatte, gefühlt haben musste. Wäre sie an seiner Stelle gewesen, hätte sie diese Möglichkeit, es auch ohne Schlüssel zu schaffen, nicht nur *in Betracht* gezogen. »Du hast über die Möglichkeit gar nicht erst nachgedacht«, sagte sie. »Es gab für dich keine andere Option. Du wolltest es schaffen und etwas Anderes gab es für dich nicht. Oder?«

Er nickte langsam und hörte ihr aufmerksam zu.

»Wenn du etwas ohne Option tust, also ohne den Gedanken oder Glauben, dass es auch eine andere Möglichkeit gibt, wie zum Beispiel das Scheitern«, erklärte sie, »dann gibt es keine Pole. Keine Gegensätze. Richtig?«

Wieder nickte er und machte dabei ein Gesicht, als könne er ihre nächsten Worte gar nicht abwarten.

»Und dann gibt es auch keine Grenzen. Taro hat mir erklärt, dass sich alle Pole und alle Grenzen auflösen, wenn man die Absicht loslässt. Aber du hast ja in dem Moment eine Absicht gehabt, oder?«

Jetzt schüttelte er mit dem Kopf. »Nein. Es gab keine Absicht«, sagte er. »Eine Absicht setzt voraus, dass es eine Option gibt. Du beabsichtigst etwas und tust es daraufhin, aber es gibt auch die Möglichkeit, etwas Anderes zu tun oder die Option, dass auf deine gesetzte Ursache eine andere, nicht beabsichtigte Wirkung folgt. Das alles gab es in dem Moment nicht, da hast du recht. Es gab nur *eine* Option.«

»Und dadurch haben sich alle Grenzen aufgelöst. Auch die Grenze zwischen den Welten«, schlussfolgerte Lucy nachdenklich. »Was hast du getan? Hast du einfach *beschlossen*, dass du es schaffst? Oder bist du absichtslos ins Portal gesprungen, ohne Ziel und nur mit dem Gedanken, dass du in der anderen Welt wieder auftauchst?«, fragte sie und sah ihn dabei interessiert an. Sie hatte das Gefühl, dass sie einer für sie wichtigen Erkenntnis auf der Spur war.

»Auch wenn man beschließt, dass man etwas schafft, gibt es trotzdem eine Option. Einen Gegenpol. Nämlich, dass man es *nicht* schafft. In mir gab es nichts von Beidem. Weder das Eine noch das Andere. Es gab keine Pole.«

Sie sah ihn nachdenklich an und kaute sich dabei auf der Lippe herum. »Dann hast du die Pole aufgelöst und sie Eins werden lassen. Du hast nicht Euphoria gespielt.«

Sie gingen jetzt durch das große Tor, das vor dem Wald stand und genossen für einen Moment das Vogelgezwitscher und den sommerlichen Duft der Blumenwiesen.

Nach einer langen Weile sagte Nikolas: »Die Pole aufzulösen *ist* Euphoria. Allerdings nur, wenn man sich an alle Spielregeln hält. Ich…«, er ging sich mit einer Hand in den Nacken und zog grübelnd die Stirn kraus, »habe allerdings gar nichts dergleichen getan. Ich habe keine Zeit gehabt, irgendeine Spielregel zu beachten. Ich musste schnell handeln und habe mich in einen Zustand versetzt, in dem es keine Pole mehr gab. Keine Gegensätze. Kein Gewinnen und kein Scheitern. Ich war mit der Situation, die ich herbeiführen wollte, direkt verbunden«, erkannte er plötzlich. »Ich *war* die Situation. Es gab keine andere. Ich habe mich vollständig mit ihr vereint.«

Lucy dachte an Taro und an seine Erklärungen, als er ihr die Sache mit dem Energieschubsen beigebracht hatte. Auch da sollte sie sich mit allem verbinden. Und wieder dachte sie an seinen Satz: »Du kannst nichts beeinflussen, das du als von dir getrennt wahrnimmst.« Und jetzt erkannte sie, was Nikolas dazu befähigt hatte, ohne Portalschlüssel durch die Welten zu reisen. »Du hast die Trennung aufgehoben!«, sagte sie. »Die Trennung zwischen den Polen und den Welten. Du warst in einem Zustand, in dem es keine Gegensätze gab.« Sie erinnerte sich, dass sie auch schon einmal in diesem Zustand gewesen war, als sie Taro das Leben gerettet hatte.

In dem Moment *war* sie die Heilung gewesen, die sie sich für ihn gewünscht hatte und sie war gleichzeitig sein Körper und auch sie selbst. Es war ein Gefühl von Einheit gewesen. Die Einheit mit allem, was ist. Und in dem Moment hatten sich alle Grenzen, alle Pole und alle Trennungen aufgehoben und es gab nur noch eins: Sie. Und das, was sie in diesem Moment gewesen war, war Wirklichkeit geworden. Unmittelbar. Ohne vorher spielen zu müssen, irgendetwas loszulassen oder aufzulösen. Und Nikolas musste es in dem Moment genauso gemacht haben.

Mit diesen Gedanken brachte Lucy in ihm ebenfalls einen Prozess in Gang, der ihn sehr nachdenklich stimmte. Er spürte, dass diese Erkenntnis eine sehr tiefe und wichtige Bedeutung hatte. Und obwohl ihm und jedem anderen Lumenier schon immer bewusst war, dass man am besten erschaffen konnte, wenn man sich in diesem Einheitszustand befand, wurmte ihn jetzt an dieser Erkenntnis irgendetwas. Etwas Wichtiges. Er wusste nur nicht, was.

12

WANDEL

Die Menschen waren in Aufruhr und es wurde von Tag zu Tag schlimmer. Auch die Kassiererin schaffte es kaum, ihrer Arbeit nachzugehen, so aufgewühlt waren ihre Gefühle. Miriam spürte ganze Chaoswellen von ihr ausgehen. Sie wusste nicht, was sie fühlen sollte. Sie kam sich minderwertig vor, weil sie glaubte, in ihrem Leben nichts geschafft zu haben. Sie war die Einzige in ihrer Familie, die noch keine Kinder hatte. Und von den Männern hatte sie sich auch immer trennen müssen, weil sie sie schlecht behandelt hatten. Jetzt war sie ganz allein. Hatte nichts als eine kleine Wohnung und einen niedrig bezahlten Job. Ihre Träume, die sie als Kind gehabt hatte, waren geplatzt. Ihr Leben war quasi schon vorbei und das löste eine unbändige Wut in ihr aus. Traurigkeit und Frust. Wer war sie denn schon? Eine kleine Kassiererin. Ohne Mann, ohne Kinder, ohne echte Freunde und ohne Geld. Sie war nichts. Gar nichts.

Man konnte ihr den Schmerz direkt vom Gesicht ablesen und es erschreckte Miriam, dass sie innerhalb von Sekunden die gesamte Lebensgeschichte eines Menschen in Erfahrung bringen konnte. Miriam sah sie voller Mitgefühl an und beobachtete, wie sie versuchte, die Kopfhörer, die sich Miriam für ihr neues Handy kaufen wollte, einzuscannen. Doch zu ihrem Verdruss schien der Scanner nicht richtig zu funktionieren.

Nicht einmal das kriege ich hin, ertönte es in ihrem Kopf. *Ich bin zu nichts nutze.*

Miriam kannte solche Gedanken. Sie war vor nicht allzu langer Zeit selbst so weit am Boden gewesen, dass sie am liebsten ihr ganzes Leben hingeschmissen hätte. Sie hatte sich ebenfalls minderwertig gefühlt und nutzlos und unbedeutend. Diese Gefühle hatte sie immer versucht, mit einem künstlichen Selbstbewusstsein zu überspielen. Doch Alea hatte ihr beigebracht, wie sie sich ein *echtes* Selbstbewusstsein erschaffen konnte. Indem sie sich einfach vollständig akzeptierte. Und seitdem, so glaubte sie, hatte sich bereits etwas in ihr verändert.

»Kein Stress«, sagte sie zu der Kassiererin, woraufhin diese versuchte, dankbar zu lächeln. Doch man konnte nur ein Zucken in ihren Mundwinkeln sehen. Und dann überlegte sie, wie sie ihr ein wenig helfen konnte. »Ich kenne da einen Trick«, sagte sie.

Die Kassiererin sah sie überrascht und sehr neugierig an.

»Dadurch geht alles viel leichter und man fühlt sich total wohl, entspannt und glücklich.«

Jetzt sah die Kassiererin noch neugieriger aus, zog jedoch gleichzeitig etwas skeptisch die Augenbrauen zusammen. Sie vermutete schon, dass ihr Miriam gleich Drogen anbieten würde.

Miriam lachte. »Das geht auch ohne Drogen.« Im nächsten

Moment biss sie sich auf die Lippe und blickte in das erschrockene Gesicht der Frau. *Verdammt!*, dachte sie. Sie hatte auf ihre Gedanken geantwortet. Sie versuchte die Situation mit einem lauten Lachen zu überspielen und sagte dann: »Man muss einfach alles akzeptieren. Alles. Die Gedanken, die Gefühle, die Situation. Nichts ablehnen. Dann einmal tief durchatmen und nichts beabsichtigen. Alles gelassen und mit Spaß angehen.« Sie gab der Kassiererin das Geld für die Kopfhörer, die endlich eingescannt waren und nahm schon mal ihre Tüte. »Das wirkt Wunder«, sagte sie noch, zwinkerte der Frau noch einmal zu und suchte dann schnell das Weite.

Sie kicherte, als sie zum Ausgang des Elektronikgeschäftes ging. Sie blickte noch einmal zurück und spürte, wie die Frau tatsächlich versuchte, den Trick anzuwenden. Sie atmete tief durch, akzeptierte alles und spürte, wie sich ein gewisser Druck löste. Dann machte sie ein glückliches Gesicht und Miriam schwoll vor Stolz regelrecht die Brust an. Sie hatte jemandem das Spiel der Götter beigebracht! Zumindest die Kurzfassung davon. Doch es zeigte trotzdem Wirkung. Und es fühlte sich großartig an! Es löste ein so heftiges Glücksgefühl in ihr aus, dass sie vor Freude über das ganze Gesicht strahlte. Und sie spürte sofort den Drang, so etwas öfter zu tun. Vielleicht würde sie, wenn sie die Ausbildung zur Gardistin absolviert hatte, einen solchen Job machen können, dachte sie noch, als sie aus der Tür ging. Doch plötzlich blieb sie stocksteif stehen, als ihr jemand entgegen kam, den sie gut kannte. Viel zu gut.

»Miriam?!«, rief er überrascht aus.

»Mark«, seufzte Miriam. Wieso lief ihr in einer Großstadt ausgerechnet jetzt ihr Exfreund über den Weg? Und dann auch noch mit seiner neuen Freundin, Vanessa. Die Zicke aus ihrem Sportverein.

»Das ist ja ein Zufall!« Sein Gesicht war hübsch wie eh und je, sein Körper athletisch und seine ganze Art charmant. Ja, sie war lange in ihn verliebt gewesen. Sehr lange. Doch sein künstlicher Charme löste jetzt kein Feuerwerk mehr in ihr aus. Nicht mal einen kleinen Funken. Er jedoch war hellauf begeistert, Miriam zu sehen. Das konnte sie an dem Leuchten in seinen Augen erkennen. Und natürlich spürte sie es auch.

»Es gibt keine Zufälle«, murmelte sie, gab ihm die Hand und nickte Vanessa unbeteiligt zu. Doch diese betrachtete sie nur von oben herab und rümpfte ein wenig die Nase. Miriam hätte fast über dieses offensichtliche Zurschaustellen ihrer Abneigung gelacht. Es war albern.

»Wie geht's dir? Hab lange nichts von dir gehört. Gehst du gar nicht mehr zum Sport?«

»Ich mache jetzt woanders Sport«, sagte sie und dachte dabei an ihre neue Ausbildung und Aleas Training. Als sie Alea zum ersten Mal im Trainingsanzug gesehen hatte, wäre sie vor Begeisterung fast aufgeleuchtet wie ein Weihnachtsbaum. Sie sah einfach umwerfend aus und Miriams Faszination für sie hatte nicht einen Deut nachgelassen. Doch sie spürte, dass jetzt irgendetwas anders war. Ein Gefühl. Es flammte in diesem Moment in ihr auf. Sie konnte es nur noch nicht deuten.

»Und was machst du so? Kommst du klar? Ich meine…«,

er legte einen Arm um Vanessas Hüften und zog sie an sich heran, »…das ist ja ziemlich übel ausgegangen. Ich dachte schon…«

Miriam sah ihn jetzt verständnislos und auch etwas wütend an. »Was? Dass ich zusammenbreche und nie wieder aufstehe? Mein Leben geht auch ohne dich weiter, Mark. Um ehrlich zu sein, geht's mir so gut wie nie. Aber ich muss dir danken. Du hast mir etwas Wichtiges klar gemacht und ich wünsche dir, dass du das auch bald erkennst. Machs gut.«

In diesem Moment drehte sie sich schwungvoll um, schmiss sich ihr langes Haar über die Schulter und stolzierte davon. Und während sie durch die Stadt ging, spürte sie etwas Neues in sich. Eine Stärke, die sie vorher nicht gekannt hatte. Sie gab ihr das Gefühl, wertvoll zu sein. Und wichtig. Bedeutend! Weder Vanessas herabwürdigende Blicke noch Marks Worte hatten sie auf irgendeine Weise berührt. Sie hatte sich nicht kleiner gefühlt, als er oder als Vanessa. Sie fühlte sich groß! Und selbstsicher. Und diese Selbstsicherheit war echt. Sie ging erhobenen Hauptes und voller Selbstliebe und Selbstachtung durch die Passagen und wunderte sich über sich selbst. Ihr Spiel hatte offenbar schon einen Wandel in ihr vollzogen. Sie konnte die Unsicherheit und das Minderwertigkeitsgefühl, das sie ihr Leben lang begleitet hatte, nicht mehr finden. Es war fort. Einfach verschwunden.

»Alea«, flüsterte sie und sie hoffte, dass sie sie hören konnte. »Ich danke dir.«

13
POLARITÄT

Lucy starrte das Handy an, hob dann den Blick, um Miriams fröhliches Gesicht zu betrachten und blickte dann wieder auf das Handy, das sie gerade von ihr geschenkt bekommen hatte.

»Ich habe mir ein Neues gekauft. Ich brauche es also nicht mehr«, klärte Miriam sie auf.

Nikolas stand neben Lucy und beobachtete sie aufmerksam. Er spürte ihre aufkeimende Wut, dass sie diesen alten Glaubenssatz offenbar immer noch nicht abgelegt hatte. Den Glaubenssatz arm zu sein, sich nichts leisten zu können und auf die Almosen ihrer besten Freundin angewiesen zu sein. Erneut schenkte sie Lucy ihre ausrangierten Sachen. Sie meinte es zwar gut, doch in Lucy riss dabei eine alte Wunde auf.

»Oh«, machte Miriam und zog Lucy schnell wieder das Handy aus der Hand. »Tut mir leid. Ich habe nicht daran gedacht, dass…« Sie blickte nervös von einem zum anderen, sah dann das Handy an und legte es Lucy dann doch wieder in die Hand. »Aber du kannst es doch bestimmt brauchen?! Oder ist das jetzt falsch? Soll ich's wieder mitnehmen?«

Jetzt fing Lucy an, zu lachen und fasste sich an die Stirn.

»Ist schon gut, Miri. Ist doch mein Problem, nicht deins.« Sie nahm das Handy und biss die Zähne zusammen. Es fühlte sich nach wie vor schrecklich an, etwas geschenkt zu bekommen, weil sie es sich selbst nicht leisten konnte. Anscheinend war ihr alter Glaubenssatz noch so stark, dass er sich sogar auf Nikolas' Einnahmen auswirkte. Er tat jedoch nichts, um dies zu ändern. Er überließ es Lucy. Denn schließlich war sie es, die diesen Glaubenssatz ändern musste. Und sie wusste auch genau, wie sie das anstellen musste. Aber irgendetwas hinderte sie daran, es auch endlich zu tun.

»Irgendwie werden wir gerade ständig mit alten Glaubenssätzen und Traumata konfrontiert«, sagte Lucy schnaubend und gab Miriam das Handy doch wieder. »Wir treffen uns später. Ich geh das schnell umprogrammieren«, sagte sie lächelnd und entfernte sich schnellen Schrittes von den beiden.

Nikolas sah ihr mitfühlend nach und ließ sie gehen. Allein. Er wusste, dass er jetzt vermutlich nur stören würde. Sie wollte für sich sein und die Sache mit sich ganz allein abmachen.

»Mist«, brummte Miriam und steckte das Handy wieder in ihre Handtasche. Sie sah Lucy ebenfalls nach, wie sie über die Wiese in Richtung Innenstadt lief. Die Lumenischen Häuser, auf die sie so schnell zu eilte, wirkten wie ein Märchen, in das sie am liebsten geflüchtet wäre. »Ich habe sie verletzt.«

Nikolas seufzte. »Sie ist momentan einfach überlastet«, erklärte er. »Sie nimmt die Schwingungen der Menschen jeden Tag intensiver wahr. Das ist schon schwer genug. Und dann tauchen auch noch permanent alte Glaubenssätze in ihr auf. Das ist alles ein bisschen viel.«

Miriam nickte. Ja, in ihr stiegen zur Zeit auch viele alte Traumata und Glaubenssätze auf. Das war die Nebenwirkung eines rapiden Energieanstiegs. »Sie tut mir so leid«, sagte sie. »Diese Armutsgeschichte macht ihr sehr zu schaffen, weil ihre Familie auch so sehr davon betroffen ist. Sie können sich gar nichts leisten und das kann sie kaum ertragen.«

»Ich weiß«, seufzte Nikolas. »Aber wir sollten uns jetzt nicht so sehr darauf konzentrieren. Damit machen wir es ihr nur unnötig schwer. Stellen wir uns lieber vor, wie sie dem Glaubenssatz den Garaus macht und sich reich fühlt.«

Jetzt lächelte er sein typisches Nikolas-Lächeln, woraufhin Miriam lachen musste. »In Ordnung«, sagte sie dann. »Sie schafft das schon. Bald schwimmt sie in Geld und ihre Familie ebenfalls.«

Die Wut, die in Lucy hochkochen wollte, war kaum unter Kontrolle zu bringen. Sie atmete tief durch und versuchte, sie zu akzeptieren, doch sie hätte am liebsten auf irgendetwas eingeschlagen. Nach all der Zeit, in der sie schon so mächtig geworden war und sich so weit entwickelt hatte, schaffte sie es nicht einmal, diesen dummen Glaubenssatz umzuprogrammieren. Immer wieder wurde er ihr gespiegelt. In ihrer Familie oder in Situationen wie diesen. Sie hasste es. Sie hasste es so sehr. Sie dachte, sie hätte sich verändert! Doch dieser Glaubenssatz ließ sie knallhart um Lichtjahre zurückfallen. Ganz so, als habe noch nicht einmal eine kleine Veränderung in ihr stattgefunden. Der Frust darüber war unerträglich. Sie lief wütend durch die Stadt, versuchte immer wieder, ihre Wut unter Kontrolle zu bringen und ließ schließlich resignierend eine energetische Schutzmauer um sich herum entstehen, um durch ihre Gefühle keinen Schaden in Lumenia anzurichten. Nikolas hatte ihr gezeigt, wie das funktionierte, doch es fiel ihr unheimlich schwer, sich energetisch vom Rest der Welt zu trennen. Es fühlte sich an, als würde irgendeine Kraft dagegen steuern. Und sie war so stark, dass sie kaum eine Chance hatte. Wo sollte sie jetzt hingehen? Wen konnte sie um Hilfe bitten? Alea? Oder vielleicht Linn?

Ohne es bemerkt zu haben, stand sie nach einer Weile direkt vor dem Zentrum. Das war das Gebäude, das genau in der Mitte Lumenias lag und wo alle Energien gebündelt wurden. Die Energie des Kristalls und die Energien der Menschen. Das Zentrum war ein Ort der Harmonisierung. Wenn jemand oder etwas aus dem Gleichgewicht fiel, wurde er oder es hier wieder in Harmonie gebracht. Es war so etwas wie ein Krankenhaus. Aber da in Lumenia niemals jemand krank war, nannte man dieses Gebäude schlicht und einfach Zentrum. Die Mitte. Harmonie. Hier arbeitete Linn. Und hier lag auch Marin. Nikolas' und Taros Mutter und die Königin von Lumenia.

Lucy betrat vorsichtig das Gebäude und spürte nach, wo sich Linn gerade aufhielt. Bestimmt konnte sie ihr helfen. Sie war eine Meisterin darin, Energien zu harmonisieren. Sie war eine der mächtigsten Eneha in ganz Lumenia. Das hatte

Lucy mittlerweile von so vielen Menschen zu hören bekommen.

Als sie mit dem Fahrstuhl in eines der obersten Stockwerke gefahren war und nun durch die Gänge schritt, spürte sie die starke Aura der Königin. Sie pulsierte in Wellen durch ihr Bewusstsein. Warm und kräftig. Lucy schloss kurz die Augen und ließ die Energie auf sich wirken. Sie hob sie sofort an. Kribbelte in ihrem Körper und zog sie hinauf in eine andere Ebene, wo alles in Harmonie war. Plötzlich verflog ihre Wut und ihr Frust über ihren Glaubenssatz und in ihren Gedanken kehrte Ruhe ein. Als sie dem Zimmer näher kam, in dem Marin lag, sah sie zwei blaue Gardisten vor der Tür stehen. Sie fragte sich, ob man überhaupt in die Nähe der Königin durfte. Doch die Gardisten machten keine Anstalten, sie aufzuhalten. Sie sahen sie nur an und grüßten sie freundlich, als sie direkt vor der Tür stehen blieb. Lucy nickte grüßend zurück und fragte in Gedanken, ob die Königin Besuch empfangen durfte. In diesem Moment öffnete sich wie von selbst sie Tür.

Lucy traute sich kaum ,den Raum zu betreten. Wieso war sie überhaupt hier? Sie hatte doch Linn aufsuchen wollen. Sie sah die Gardisten noch einmal fragend an. Wieso erlaubten sie ihr überhaupt, den Raum der Königin zu betreten? Waren blaue Gardisten nicht grundsätzlich gegen Menschen aus der anderen Welt? Plötzlich gab ihr einer der Gardisten mit einer eindeutigen Kopfbewegung zu verstehen, dass sie eintreten sollte und so betrat Lucy langsam und vorsichtig den Raum.

Ich habe sie gebeten, dich herein zu lassen, erklang eine sanfte

Stimme in ihrem Kopf.

Lucy blieb wie erstarrt stehen, als sie bemerkte, dass die Königin wach war. Sie saß aufrecht in ihrem Bett, sah Lucy an und lächelte liebevoll. Die Tür schwang langsam wieder zu. Lucy starrte sie an, als sei sie das achte Weltwunder. Sie war wunderschön. Ihr braunes Haar lag ihr wellig auf den Schultern und ihre braunen Augen hatten eine eindeutige Ähnlichkeit mit Taros Augen. Nur dass ihre Augen um ein Vielfaches wissender wirkten und einem schier durch alle Schichten der Seele zu blicken schienen. Lucy lief bei ihrem Blick eine Gänsehaut über den Körper.

»Komm ruhig näher«, sagte Marin lächelnd und winkte Lucy zu sich. Dann deutete sie auf einen Stuhl neben dem Bett.

Lucy wagte sich nur langsam voran. Sie hatte großen Respekt vor Marin. Taro hatte ihr erzählt, dass sie eine von den alten Göttern war, die ihr wahres Selbst niemals vergessen hatten. Selbst die Lumenier hatten mit der Zeit zumindest teilweise ihre wahre Göttlichkeit verloren. Doch Marin war noch so, wie die Götter ursprünglich gewesen waren. Nach Taros Erzählungen war sie sehr alt und sehr weise.

Jetzt lachte Marin und legte dabei den Kopf in den Nacken. »Taro«, lachte sie. »Immer muss er übertreiben.«

Lucy setzte sich jetzt auf den Stuhl, drückte ihren Rücken durch und nahm eine Haltung ein, die sie als vornehm einstufte. Sie konnte ja schlecht mit hängenden Schultern vor einer Königin sitzen.

»Es stimmt schon«, sagte Marin jetzt. »Ich bin älter als alle anderen. Aber meine Weisheit rührt nicht von meinem Alter her. Sondern von meinem Bewusstsein. Und du kannst ruhig bequem sitzen, Lucy. Ich bin nicht mehr wert als du.«

Lucy zuckte zusammen. Sie hatte mit diesen Worten etwas in ihr getroffen. Etwas, das sich jetzt bemerkbar machte wie ein lautes, hysterisches Kind. Marin beobachtete Lucys Gefühlsregungen aufmerksam und legte dann beruhigend eine Hand auf ihr Knie. Und plötzlich schien sich ein Schleier zu lichten und Lucy zu offenbaren, was ihr diese Gefühle sagen wollten. Als habe Marin ihren Blick geschärft und ihr Verständnis in eine andere Ebene gehoben. Lucy spürte auf einmal ganz deutlich, dass ihr Armuts-Glaubenssatz von dem tiefen Glauben kam, wertlos zu sein. Es nicht zu verdienen, reich und wohlhabend zu sein. Sie hatte diesen Glauben von ihren Eltern übernommen, die sich nie besonders wertvoll gefühlt hatten und es sich natürlich selbst auch nie wert waren, mehr Geld zu besitzen, als so viel, dass es gerade zum Überleben reichte. Und genauso hatte ihr Leben auch immer ausgesehen. Sie lebten nicht. Sie *über*lebten. Lucy kamen die Tränen. Sie glaubte, dass sie diesen Glaubenssatz schon lange aufgelöst hatte. Sie hatte sich in den letzten Monaten doch wertvoller gefühlt als jemals zuvor. Und als Taro ihr mit seiner Fantasie auch den letzten Funken des Glaubens unbedeutend und machtlos zu sein, ausgetrieben hatte, war sie davon ausgegangen, die hinderlichen Glaubenssätze nun endlich vollständig los zu sein.

»Das sind verschiedene paar Schuhe, Lucy«, sagte Marin auf einmal. »Man kann sich bedeutend und mächtig fühlen und doch ein Selbstwertproblem haben. Dieser Glaube sitzt bei dir sehr tief. Er lässt sich nicht mit einem anderen Glaubenssatz gemeinsam auflösen. Dazu ist er zu eigenständig und stark.«

Lucy senkte den Kopf und fragte sich, ob sie diesen Glaubenssatz wohl jemals loswerden würde.

»Diese Gedanken«, sagte Marin, »wären mir früher sehr fremd gewesen. In Lumenia streben wir niemals danach, etwas *loszuwerden*. Erst, als ich deine Welt kennengelernt habe, wurde mir bewusst, woher dieses Denken kommt.«

Lucy sah sie sehr neugierig an und saugte jedes Wort, das sie sagte, wie ein Schwamm auf.

»Taro hat dir die Geschichte Lumenias erzählt«, stellte sie fest, als sie einen Moment lang in Lucys Gedanken versunken war. »Du weißt, wie und warum die Trennung der Welten vollzogen worden ist.«

Lucy nickte.

»Die Trennung war die Konsequenz eines Prozesses, der sich über sehr lange Zeit entwickelt hat«, erklärte Marin. »Es war die Polarität. Sie ist völlig aus dem Ruder gelaufen.«

Lucy stutzte. War die Polarität nicht etwas völlig Normales? Es gab nun mal Tag und Nacht, Licht und Schatten, Liebe und Hass.

Marin nickte. »Die Polarität ist normal. Sie hilft uns, diese Welt wahrzunehmen. Wir könnten das Licht nicht sehen, wenn es die Dunkelheit nicht gäbe. Allerdings«, sagte sie, hob ihre Hand hoch, so dass ihre Handfläche in Lucys Richtung zeigte, »sind alle Gegensätze, alle Pole, in Wirklichkeit Eins.« Sie forderte Lucy jetzt auf, ihre Hand gegen ihre zu halten, was sie sofort tat. Und in dem Moment, in dem sich ihre Hände berührten, spürte Lucy ein wildes Kribbeln und eine Verbindung, die ihr durch alle Knochen zog. Sie holte tief Luft und lächelte. Es war ein wunderbares Gefühl. So warm und friedlich. Als sei sie nicht nur mit ihrem Körper, sondern auch mit ihrer Seele vereint. Als seien sie Eins.

»Du warst früher das absolute Gegenteil von mir, Lucy«, sagte Marin auf einmal lächelnd. »Du glaubtest, machtlos zu sein, klein und unbedeutend. Ich hingegen habe das absolute Gegenteil von mir geglaubt. Wir waren zwei Gegensätze. Wären wir uns damals begegnet, wären wir wie Tag und Nacht gewesen. Als ich jedoch in deine Welt abgestürzt bin, habe ich deine Seite der Wahrnehmung kennengelernt. Ich war plötzlich verloren und allein. Es war niemand da, der mir sagen konnte, wer ich bin. Ich war niemand, obwohl ich immer gespürt habe, dass da etwas Großes in mir ist. Meine Existenz hatte mit einem Mal keine Bedeutung mehr. Keinen Sinn. Ich war nur eine lebende Hülle ohne Inhalt. Es war alles fort. Alles, was mich ausgemacht hat. Ich bin also sozusagen in deine Rolle geschlüpft. Habe das kennengelernt, was du dein ganzes Leben lang schon kanntest. Und einige Zeit später«, sagte sie und lächelte dann ein sehr weises Lächeln, das dem von Taro sehr ähnlich war, »hast du *meine* Rolle kennengelernt.«

Lucy wich mit dem Kopf zurück und sah sie groß an.

»Du bist Nikolas begegnet und er hat dir gezeigt, wer du wirklich bist. Dass du göttlich bist, sehr bedeutend und wichtig. Du hast das Göttliche kennengelernt, das ich mein

Leben lang schon gekannt habe. Wir haben sozusagen die Rollen getauscht, um unseren Gegenpol kennenzulernen.«

Lucy sah ihre Hand an, die immer noch die Hand der Königin berührte. Sie hatte recht! Sie waren Gegensätze gewesen. Gegensätze, die sich ihren eigenen Gegenpolen angenähert hatten.

»Dadurch, dass du deinen Gegenpol kennengelernt hast und ich meinen, sind unsere Pole nach und nach miteinander verschmolzen. Ich war an meinem Tiefpunkt der Erfahrung angekommen unbedeutend zu sein, als ich mich vollkommen verloren gefühlt hatte. Doch zur selben Zeit warst du an deinem Höhepunkt der Erkenntnis angelangt, göttlich zu sein. Dabei hat dir Taro geholfen.«

Lucy lief rot an und nickte.

»Ab da war es an der Zeit, dass wir uns begegnen«, sagte Marin und sah Lucy dabei bedeutsam an. »Es ist kein Zufall, dass der Kristallsplitter ausgerechnet *dich* getroffen hat. Wir beide«, raunte sie, nahm die Hand runter und streichelte über Lucys Narbe, die von dem Kristallsplitter zurückgeblieben war, »sind Eins. Du bist mein Gegenpol, Lucy. Und ich bin deiner. Ich bin das, was du immer sein wolltest und du bist das, was ich nie sehen wollte. Und jetzt verschmelzen wir miteinander. Die Pole lösen sich auf, denn ich weiß, wie es ist, *du* zu sein und du verwandelst dich immer mehr in mich. Deine Empathie«, sie deutete mit einem Finger auf Lucys Brust, »ist ebenfalls kein Zufall. Sie ist *meine* stärkste Fähigkeit. Und sie war das, was ich verloren hatte und das, was dir am meisten gefehlt hat, bevor dich dieser Splitter getroffen hat. All diese Gegensätze vereinen sich nun und werden Eins.«

Lucy erinnerte sich sofort an Taros Worte: »Wenn du glaubst, empathisch zu sein, hast du meine Mutter noch nicht erlebt.« Und sie dachte auch daran, dass sie, bevor dieser Splitter sie getroffen hat, nie gefühlt hatte, wie es Miriam wirklich ergangen war. Wie sie wirklich gefühlt hatte. Auf einmal wurde ihr klar, dass sich in ihrem Leben und auch im Leben von Marin alles ins Gegenteil gewandelt hatte.

»Und das nur aus einem Grund«, sagte Marin. »Um die Gegensätze zu vereinen, die schon immer Eins waren. Wir haben sie jedoch getrennt, indem wir nur *einen* Pol gefühlt haben und uns nur auf *einen* Pol konzentriert haben. Das hat dich machtlos gemacht und mich zur Königin von Lumenia.« Sie zwinkerte und lachte leise.

Lucy dachte einen Augenblick darüber nach und sagte dann: »Aber wenn alle Pole Eins sind, wie…« Sie verstand nicht, wie die Pole zusammenpassen sollten, wie man zwei Pole gleichzeitig *sein* konnte. Entweder man fühlte sich mächtig oder eben machtlos. Beides gleichzeitig funktionierte doch gar nicht.

»Du denkst in Trennungen«, sagte Marin. »Diese Trennungen existieren aber nicht. Wenn du die Nacht siehst, existiert auch gleichzeitig der Tag. Wenn du einen dieser Pole jedoch nicht beachtest, verdrängst oder sogar bekämpfst, vollziehst du eine Trennung, die *immer*«, sie betonte das Wort *immer* sehr stark und mit einem bedeutungsvollen Gesichtsausdruck, »die Wiedervereinigung anstrebt. Jeder Pol, der von seinem

Gegenpol getrennt wird, strebt nach Vereinigung und wird sich so lange bemerkbar machen, bis die Vereinigung vollzogen wird.«

Deswegen, dachte Lucy, war ihr Taro auch so unter die Haut gegangen. Weil er ihren Gegenpol und ihren Schatten verkörpert hatte. Erst, als sie ihn angenommen, akzeptiert und sich mit ihm, seinem Wesen und auch seinem Körper, seiner Kraft und mit allem, was er war, vereinigt hatte, hatte diese unkontrollierte Anziehungskraft aufgehört.

»Die Polarität hat nur eine Aufgabe«, sprach Marin weiter. »Sie dient dazu, diese Welt wahrnehmen zu können. Doch der Umgang mit der Polarität hat großes Leid über die Welt gebracht und unsere Welten schließlich voneinander getrennt. Die Menschen in deiner Welt sind dadurch völlig abgestürzt, doch auch die Lumenier haben mit der Zeit immer mehr den richtigen Umgang mit der Polarität verloren.«

Lucy fragte sich, was wohl der richtige Umgang mit der Polarität war, da antwortete ihr Marin schon.

»Sie als das zu erkennen, was sie ist. Eine Illusion. Ein Schleier, der die Wirklichkeit überzieht und uns die Möglichkeit bietet, dieses Leben und diese Welt wahrnehmen zu können. Wenn du es so betrachtest, verliert auch der Gedanke, einen Glaubenssatz *ändern* oder *auflösen* zu wollen, seine Substanz. Denn du *kannst* nichts auflösen. Es wird diesen Glaubenssatz immer geben, solange du sein Gegenteil anstrebst.«

Lucy runzelte die Stirn. Hieß das, dass sie sich den gegenteiligen Glaubenssatz gar nicht erst einprogrammieren sollte? Weil ja sein Gegenteil sowieso weiterhin existieren würde? Was machte es dann überhaupt für einen Sinn, Glaubenssätze umzuprogrammieren?

»Du kannst dir den Glaubenssatz *wertvoll zu sein* sofort einprogrammieren. Aber sein Gegenteil wird dennoch immer existieren und er wird versuchen, dir die Neuprogrammierung schwer zu machen, wenn du aus der Absichtslosigkeit herausfällst. Wenn du die Programmierung vollzogen hast, wird der alte Glaubenssatz zwar nicht mehr aktiv in dir wirken, aber er wird da sein. Beide Glaubenssätze, also beide Pole bilden eine Einheit und keiner von beiden kann je aufgelöst werden. Ein Pol kann durch den Fokus in den Hintergrund treten, aber er bleibt dennoch bestehen und kann natürlich auch jederzeit zurückkehren.«

Lucy atmete tief ein und versuchte, all diese Informationen erst einmal zu verarbeiten. Doch ihr drängte sich sofort eine Frage auf: »Was geschieht mit dem alten Glaubenssatz, wenn ich die Pole als Einheit betrachte?«

Jetzt lächelte Marin plötzlich so stolz, dass sich ihr Kopf automatisch hob und ihre Augen glücklich strahlten. »Genau *das* war es, was ich dich habe erkennen lassen wollen, Lucy. Wenn du die Pole als Einheit betrachtest, verliert der Glaubenssatz seine Substanz.«

Lucy sah sie überrascht an und erkannte in diesem Moment selbst die Logik dahinter. Wenn man alles als Einheit betrachtete, gab es natürlich auch keine Pole mehr. Kein Gut und Schlecht, kein Arm und Reich, kein Wertvoll und Wertlos. Ihr war, als prasselte seit Kurzem und besonders mit diesem Gespräch die wichtigste Erkenntnis ihres Leben in ihr Bewusstsein, wie ein beständiger Regenschauer. Doch plötzlich hörte sie Nikolas' Stimme in ihrem Kopf. Er machte sich Sorgen um sie, da er sie seit geraumer Zeit nicht mehr spüren oder hören konnte. Sie hatte ja ihr Bewusstsein abgeschottet, um keinen Schaden in Lumenia anzurichten. Sie stand sofort auf.

»Es tut mir leid, ich glaube ich sollte besser gehen«, sagte Lucy. » Nikolas…«

»…macht sich Sorgen«, führte die Königin ihren Satz zu Ende und ergriff noch einmal Lucys Hand. »Ich danke dir, Lucy«, sagte sie jetzt sanft, »dass du in meiner Abwesenheit auf sie geachtet und ihnen beiden das Leben gerettet hast.«

Lucy lächelte verlegen. Offensichtlich hatte die Königin bereits alles in Erfahrung gebracht, was sich in den letzten Jahren ereignet hatte.

»Das werde ich dir nie vergessen. *Niemand* wird dir das je vergessen. Du bist schon lange in die Geschichte dieses Landes eingegangen. Dein Name«, sagte sie, »wird in unseren Geschichtsbüchern stehen.« Sie deutete mit ihren Fingern eine Textzeile an und grinste dabei. »Lucy Key, die Retterin Lumenias.«

Ihr Blick wurde mit einem Mal so bedeutsam und wissend, dass Lucy eine Gänsehaut über die Arme schlich. Wollte sie Lucy mit diesen Worten nur aufbauen oder meinte sie das ernst? Lucy, die Retterin Lumenias? Das konnte nur ein Scherz sein. Oder ein Versuch, sie als etwas Größeres darzustellen. Größer, als sie es war. Um ihr das Gefühl zu geben, wertvoll und bedeutend zu sein. Und doch ging ihr

Marins wissender Blick und ihr bedeutsames Lächeln nicht mehr aus dem Kopf, als sie das Gebäude verließ, um Nikolas zu suchen.

14
DIE DRITTE SPIELREGEL

Einer der blauen Gardisten kam zurück in die Halle gelaufen und zuckte ratlos mit den Schultern. »Nichts«, sagte er. »Es wurde nichts abgegeben.«

Taro fluchte auf einer fremden Sprache und schnaubte anschließend. Alea seufzte genervt.

»Das ist frustrierend«, sprach sie seine Gedanken aus. »Etwas auf diese Weise suchen zu müssen.«

Sie suchten schon seit Stunden jeden Winkel des Gebäudes und des gesamten Geländes ab und waren nun wieder am Bühneneingang angekommen, wo sie ihre Suche begonnen hatten.

»Und es dann nicht einmal zu finden«, fügte Taro hinzu. Er wischte sich seufzend durchs Gesicht und brummte missgelaunt. »Das kann doch nicht sein, dass wir durch so einen dämlichen Stein an unsere Grenzen stoßen!«

Alea seufzte wieder. »Sogar für uns gibt es Grenzen, Taro. Nicht viele, aber es gibt sie.«

Er schüttelte stur mit dem Kopf und verschränkte trotzig wie ein Kind seine Arme vor der Brust. »Es gibt keine Grenzen«, erwiderte er. »Die hat es noch nie gegeben.« Jetzt stemmte er die Hände in die Hüften und sah sich in der

Halle um. Die Gardisten gingen geduldig durch die Stuhlreihen und suchten noch einmal alles ab. Taro zog irritiert die Augenbrauen zusammen und konnte und wollte nicht glauben, dass das hier wirklich geschah. »Was ist mit uns passiert, dass wir uns tatsächlich irgendwelchen Grenzen fügen? Dass sogar du«, er sah Alea an, »an Grenzen glaubst.«

»Wir sind nicht die einzigen Schöpfer auf dieser Welt, Taro«, sagte Alea nun etwas strenger. »Mika hat anscheinend etwas geschaffen, das unsere Fähigkeiten übersteigt. Niemand kann einen Portalschlüssel mit reiner Gedankenkraft deaktivieren oder einen Tarnstein mit einer solchen Kraft enttarnen. Ich weiß nicht, wie sie es gemacht hat. Vielleicht hat sie die Energie des Lumenischen Kristalls dafür verwendet. Tatsache ist aber, dass wir hier an die Grenzen unserer Wahrnehmungsfähigkeit stoßen, denn wir können eben nichts wahrnehmen, das von diesem Stein getarnt wird.«

Taro sah sie sehr nachdenklich an. »Glaubst du wirklich an das, was du da sagst?«, fragte Taro.

Alea sah ihn irritiert an. »Ja. Wieso?«

»Niemand kann einen Portalschlüssel mit reiner Gedankenkraft deaktivieren?«, fragte er und kam direkt auf sie zu.

Sie sah ihn entgeistert an. »Was…«

»Ich habe mich wirklich von diesem begrenzten Denken einlullen lassen«, sagte Taro jetzt fassungslos und lachte plötzlich. »Die sinkende Energie hat euch in ein niedrigeres Schwingungsniveau versetzt!«

Alea machte ein erschrockenes Gesicht. »Wie bitte?«

Ja, so musste es sein, dachte Taro sich. Sie waren alle von der sinkenden Energie Lumenias beeinflusst! »Es ist noch gar nicht lange her, da habe ich *alle* Portalschlüssel deaktiviert. Weißt du nicht mehr?«

Alea erinnerte sich sofort an die Zeit, in der er seinen verrückten Plan hatte umsetzen wollen, um die Königin zu finden. Niemand hatte das Land verlassen oder es betreten können, da es keinen funktionierenden Portalschlüssel mehr gegeben hatte. Nur Nikolas war es – erneut – gelungen, ein Portal zu durchschreiten, ohne einen Schlüssel dafür einzusetzen.

»Weil er ebenfalls nicht an Grenzen glaubt«, sagte Taro. »Nicht so sehr«, verbesserte er sich.

»Aber«, Alea sah sich jetzt ebenfalls um und dachte angestrengt nach, »auch wenn unsere Schwingung abgesunken ist und wir deshalb in ein begrenztes Denken gefallen sind … können wir uns trotzdem nicht über die Schöpfungen anderer Menschen hinweg setzen. Wir müssen uns fügen, wenn eine Schöpfung stärker ist, als wir.«

Taro lachte jetzt. »Wach auf, Alea! DU bestimmst, wie stark deine Schöpfung ist. Und egal, wie mächtig eine andere Schöpfung auch sein mag und egal, wie viel Energie Mika auch in diesen Kristall gepumpt hat, wir können ebenso mächtig schöpfen und ebenso viel Energie aufbringen. Allein die Tatsache, dass es Mika geschafft hat, zeigt uns doch, dass es möglich ist!« Er sah sie mit einem verwirrten Gesicht an und fragte dann: »Versuche ich dich gerade wirklich davon zu überzeugen, dass du grenzenlos bist? *Dich?*«

Alea lachte und schüttelte verwirrt mit dem Kopf, wobei ihr rotes Haar hin und her wippte. »Du hast recht«, sagte sie dann. »Ich kann nicht glauben, dass ich mich wirklich so beschränkt habe.«

Taro nahm ihre Hand und zog sie zum Ausgang des Gebäudes. »Das wird wohl vermutlich gerade mit jedem Lumenier passieren«, meinte er und stieß die Tür auf. »Die Menschen in dieser Welt erkennen immer mehr ihre Grenzenlosigkeit und in unserer Welt verlieren sie den Glauben an sich. Wir müssen irgendetwas tun, bevor es noch schlimmer wird.«

Lucy hatte Nikolas währenddessen alles erzählt, was sie von Marin erfahren hatte. Miriam und Hilar saßen mit ihnen am Tisch und hatten ebenfalls zugehört.

»Also gibt es in Wirklichkeit keine Pole?«, fragte Miriam irritiert.

Hilar starrte nachdenklich die Tischdecke an. »Alle Pole bilden eine Einheit«, wiederholte er Lucys Worte. »Das bedeutet, dass eine Trennung der Pole zu Disharmonien führt.«

»Und wie trennt man Pole?«, fragte Miriam.

»Indem man einen Pol anstrebt und einen anderen ablehnt«, sagte Nikolas, »zum Beispiel. Deswegen ja das Spiel der Götter. Es soll durch die Absichtslosigkeit und die Akzeptanz beide Pole miteinander vereinen. Kein Streben mehr und kein Kämpfen. Man soll weder den einen Pol anstreben noch den anderen ablehnen.«

»Aber…«, Hilar lehnte sich jetzt im Stuhl zurück und ging sich grübelnd mit beiden Händen durch sein hochstehendes Haar. Lucy wunderte sich, dass er überhaupt mit den Fingern hindurch kam. Sie hatte immer geglaubt, es müsse völlig mit Haarspray verklebt sein, um es so zum Stehen zu kriegen. Hilar lachte über ihre Gedanken, ging aber nicht darauf ein. »…streben wir nicht auch selbst einen Pol an, wenn wir mit diesem Spiel Glück erschaffen wollen?«

Mit diesen Worten stand jedem an diesem Tisch der Schrecken ins Gesicht geschrieben. Euphoria war zwar dazu da, die Pole aufzulösen, aber sie erschufen sie mit dem Streben nach Glück neu. Denn Glück war ein Pol. Und sein Gegenpol war das Unglück.

»Solange man Glück anstrebt«, sagte Lucy erschrocken, »gibt es auch den Gegenpol! Das Unglück! Wir haben das Spiel total falsch verstanden!«, rief sie aus und fasste sich an den Kopf.

»Nicht nur wir«, sagte Hilar ebenso erschrocken. »*Jeder!*«

Nikolas sah fassungslos Hilar an und schüttelte mit dem Kopf. »Ich schätze, es war ursprünglich anders gemeint. Es sollte mit der dritten Spielregel nicht Glück angestrebt werden, sondern der ursprüngliche, gegensatzlose Seinszustand aufrechterhalten werden.«

Lucy runzelte die Stirn. »Und was ist das für ein Zustand?«

»Seligkeit. Frieden. Harmonie«, zählte Hilar auf.

»Einheit«, fügte Nikolas hinzu.

»Ekstase«, sagte Lucy plötzlich. Ekstase war der Zustand, in dem sie sich befand, wenn sich jede Grenze und jeder

Gegensatz auflöste. Der Zustand, in dem sie immer war, wenn sie mit Nikolas zusammen war. Wenn sie miteinander schliefen oder sich einfach nur gegenseitig fühlten. In diesem Moment gab es keine Trennung. Keine Pole. Sie waren Eins. Und dies war ein ekstatischer Zustand, in dem sie völlig high war. Glückselig. In Frieden und Harmonie. Es war ein viel stärkeres Gefühl als einfaches Glück.

Miriam stand jetzt auf. »Du hast recht«, sagte sie. »Es ist Ekstase. Ich fühle mich jedes Mal so, wenn ich mich von Alea zur Gardistin trainieren lasse. Dann bin ich so verschmolzen mit allem, was ich tue, dass ich vor innerem Frieden und Harmonie abheben könnte. Ich fühle mich dann mit allem Eins. Mit jedem Menschen und jedem Gegenstand. Und…«, sie sah Hilar an und streichelte ihm jetzt mit einer Hand über die Wange, »wenn ich mit dir zusammen bin, fühle ich mich genauso.«

Lucy grinste und senkte verlegen den Blick. Es ging ihnen beiden genauso wie ihr und Nikolas. »Also ist Ekstase der ursprüngliche, gegensatzlose Zustand, der bei diesem Spiel aufrechterhalten werden sollte«, fasste Lucy zusammen. »Aber warum heißt es dann Euphoria und nicht Ecstasy oder so?«

Nikolas lachte. »Vielleicht war damals Euphorie gleichgesetzt mit Ekstase. Es fühlt sich ja auch ziemlich ähnlich an. Vielleicht ist es sogar dasselbe Gefühl. Es hat nur verschiedene Bezeichnungen. Auf jeden Fall heißt das, dass nicht nur die Welt, von der wir uns damals getrennt haben, sondern auch wir die Polarität völlig falsch betrachtet haben und sie auch bei uns aus dem Ruder gelaufen ist. Wir haben die Pole voneinander getrennt und Disharmonie erschaffen. Und das ist vermutlich auch der Grund, warum sich auch die Lumenier, trotz der Trennung der Welten, immer weiter von ihrem ursprünglichen, göttlichen Seinszustand entfernt haben.«

Lucy konnte es nicht fassen. Die Trennung der Pole war also der Grund für all das Leid? Der Grund, warum sich Lumenia einst von ihrer Welt getrennt hatte?

»Die Trennung ist immer die Ursache von Leid. Nicht nur die Trennung der Pole, sondern die Trennung allgemein. Sie ist nur eine Illusion, die man durch einfaches Ändern der Wahrnehmung auflösen kann«, erklärte Hilar.

Lucy erinnerte sich an Marins Worte, als sie ihr erklärt hatte, dass getrennte Pole immer ihre Einheit anstreben. Und plötzlich kam ihr ein Gedanke, der sie erneut in Schrecken versetzte. Doch sie kam nicht mehr dazu, ihn zu formulieren. Bevor sie ihn sich richtig bewusst machen konnte, begann erneut die Erde zu beben und die Energie anzusteigen.

Nikolas riss Lucy vom Stuhl und kniete sich mit ihr auf den Boden der Küche. Hilar tat mit Miriam dasselbe. Das Beben war stark. Viel stärker als die Beben zuvor. Es donnerte und grollte und neben ihnen fiel das Geschirr aus den Schränken und zersprang auf dem Boden. Nikolas errichtete einen Schutzschild, so dass sie nicht von den Scherben getroffen werden konnten und Hilar versuchte, mit seinen Gedanken die Möbel zum Stillstand zu bringen. Einen kurzen Moment später war es wieder vorbei, doch sie alle spürten sofort, dass mit Lucy etwas nicht stimmte. Sie starrte völlig abwesend ins Nichts und zitterte am ganzen

Leib. Nikolas hielt sie im Arm und versuchte, sie mit seiner Energie zu stabilisieren, doch es nützte nichts. Ihre Empathie war durch die steigende Energie zu ihrem Höhepunkt getrieben worden, so dass sie jetzt in einem Zustand war, in dem sich Marin, die Königin von Lumenia, vor kurzer Zeit befunden hatte. Sie nahm die ganze Welt war. Das kollektive Bewusstsein von allem, was war. All das Leid, all das Glück, all den Schmerz und die Traurigkeit. Und auch die Liebe und den Zusammenhalt der Menschen. Sie war völlig überfordert. Die Gefühle und Gedanken strömten durch ihr Bewusstsein wie eine Naturgewalt. Ein gigantischer Tsunami aus Schwingungen.

»Lucy!«, rief Nikolas panisch und berührte ihr Gesicht, das kochend heiß und feucht war. »Was soll ich tun?«, schrie er. Er war völlig in Panik versetzt. Hilar versuchte, ihn zu beruhigen, doch er schlug ihm die Hand weg, die er ihm auf die Schulter gelegt hatte. »Holt Linn!«, rief er. »Schnell!!«

In diesem Moment verlor Lucy das Bewusstsein. Das letzte, was sie sah, war Nikolas' ängstliches Gesicht. Seine hellblauen Augen, die auf einmal ganz wässrig aussahen. Seine vor Angst zitternden Lippen. Sie spürte seine Gefühle. Die Angst, die ihn erneut einholte. Die Angst davor, jemanden zu verlieren, den er liebte. Und die Angst davor, nichts dagegen tun zu können. Machtlos zu sein. Sie berührte sein Gesicht, murmelte ein »Verzeih« und sank dann in die Dunkelheit hinab.

15

STUNDE 0

Eine prunkvolle Stadt voller goldener Türme. Das waren die Worte, die ihm am meisten im Gedächtnis geblieben waren. Thomas drehte den Stein in seiner Hand hin und her und grinste siegessicher. Hannah hatte ihm in ihrer Unschuld und Gutgläubigkeit alles erzählt, was sie von Maja erfahren hatte. Die beiden Mädchen hatten in den letzten Tagen fast pausenlos telefoniert und über kaum etwas Anderes gesprochen, als über Lumenia. Darüber, wie es dort war, wie die Menschen waren und die Schule, welche Fähigkeiten die Menschen besaßen, welche Sprache sie sprachen, wie sich das Land einst vom Rest der Welt getrennt hatte und … wie man dort hin gelangen konnte. Er ging schnurstracks auf den Fluss zu, der sich unweit von seiner Wohnung befand und lachte in sich hinein. Er hatte das geschafft, was sein Bruder, Marius, nicht hinbekommen hatte. Er besaß einen Portalschlüssel in eine fremde Welt! Oh, wie gern er jetzt sein neidvolles Gesicht gesehen hätte. Er wäre vor Wut sicher ganz rot angelaufen.

Wie mochte es dort wohl sein?, fragte er sich. In einer Welt, die sich vollkommen anders entwickelt hatte, als die Welt, in der er lebte. Eine Welt, in der Menschen mit übersinnlichen Kräften lebten. Er erinnerte sich noch an die Bilder, die er gesehen hatte, als er auf der Suche nach Hannah gewesen war. Das Panorama dieser Stadt war überwältigend gewesen. Ob die Bilder auch realitätsgetreu gemalt worden waren? Er würde es gleich erfahren. In wenigen Augenblicken würde er über den Stein streichen und in das reißende Gewässer springen. Dann würde ihn ein Licht erfassen und in diese Welt tragen, die niemand sonst betreten konnte. So hatte es Hannah erzählt. Dieser Stein, dachte er und drehte den Anhänger noch einmal in seiner Hand, würde ihn tarnen. Auch das hatte er von ihr erfahren. Sie waren schon seit einer Weile auf der Suche nach diesem Stein und niemand war auf die Idee gekommen, dass *er* ihn haben könnte. Diese Tarnung funktionierte offenbar recht gut.

Er hob ihn hoch in die Luft, als er den Fluss erreicht hatte, sah sich noch einmal um, ob ihn auch niemand dabei beobachtete, wie er da in der Dunkelheit stand und eine Kette in die Luft hielt und wollte gerade über den Stein streichen, da hörte er ein tiefes, gefährliches Knurren. Er herum und erschrak so fürchterlich, dass ihm die Angst eiskalt durch die Adern schoss. Da kam ein riesiges, weißes Ungetüm auf ihn zu! In der Dunkelheit erkannte er zunächst nicht, ob es ein Bär war oder ein riesiger, weißer Wolf. Erst, als er näher kam, sah er die bauschigen Pfoten, das lange Fell an seinem Kragen und die leuchtenden, blauen Augen und wusste, dass es sich um Mikas Hund handelte. Taro, wenn er sich recht erinnerte. Er fletschte die Zähne, senkte den Kopf und plusterte das Fell auf seinem Rücken zu einem Kamm auf, während er langsam und bedrohlich auf Thomas zu kam. Thomas stand wie erstarrt da und sah schon in Gedanken, wie das Tier ihn zerfleischte. Doch in dem Moment schaltete sich sein Fluchtinstinkt ein. Er strich über den Stein und sprang ohne noch eine Sekunde zu zögern in den Fluss. Taro sprang hinterher, doch das Licht zuckte nur einen winzigen Augenblick auf, erfasste Thomas und zog ihn hinfort. Taro fiel in den Fluss und wurde von dem Gewässer fortgerissen.

»NEIN!«, schrie Maja, sprang die Stufen hinunter und fiel fast über ihre eigenen Füße, als sie die Haustür aufriss und hinaus lief.

»Maja!«, rief ihre Mutter und lief hinterher. »Was ist los?«

»TARO!«, schrie sie nur, während sie in einem unglaublichen Tempo die Straße entlang lief. »TARO!!!« Sie hatte genau gespürt, was mit ihm passiert war und konnte sogar das kalte Wasser fühlen, in dem er panisch strampelte. Sie fühlte ALLES! Seine Angst, seinen Überlebenskampf, sein Frieren. Sie hörte sogar sein Jaulen. Der Hund, der zu einem ihrer besten Freunde geworden war, schwebte in großer Gefahr! Sie rannte so schnell sie konnte und rief immer wieder seinen Namen: »TARO!!«

Alea schreckte auf. Sie stand vor dem Zentrum und erwartete Taros Rückkehr. Er war in die Gegenwelt gereist, um Lucy zu holen, die nach einem Beben das Bewusstsein verloren hatte. Doch sie hörte deutlich, wie Maja seinen Namen rief. Irgendetwas war passiert. Sie lief sofort los, zückte ihren Portalschlüssel und aktivierte ihn an dem Brunnen, der direkt vor dem Gebäude mitten auf der Wiese stand. Sie dachte nur an den Namen Taro, während sie von dem Licht fortgerissen wurde und landete in der Gegenwelt direkt vor einem reißenden Gewässer. Es war Nacht und sie hörte sofort ein Jaulen. Es ging nicht um *ihren* Taro. Es handelte sich um Mikas Hund!

»Verdammt!«, fluchte sie und rannte sofort los. Taro versuchte, gegen den Strom anzuschwimmen, doch er war trotz seiner wuchtigen Größe nicht stark genug. Alea rannte so schnell sie konnte. Auf der anderen Seite des Flusses sah sie Mika ebenfalls den Fluss entlang rennen.

»Auf drei!«, rief Alea und bedeutete Mika, dass sie ihn mit ihren Gedanken gemeinsam aus dem Wasser ziehen würden.

Doch Mika deutete nur nach vorn. Es waren nur noch wenige Meter, da strömte der Fluss in einen unterirdischen Tunnel. Taro würde dort direkt hineingerissen werden.

Alea setzte sofort zum Sprung an, schoss durch die Luft wie eine Rakete und tauchte direkt neben Taro in den Fluss ein. Das Wasser war eiskalt. Sie klammerte sich um Taros gewaltigen Körper, hielt ihn so fest, wie sie konnte und hob sich mit all ihren übersinnlichen Kräften, kurz bevor sie beide in den Tunnel gerissen wurden, mit Taro aus dem Wasser. Der Berghund war völlig panisch. Er trampelte mit den Hinterpfoten, riss den Kopf hin und her und versuchte sich mit seinen Krallen zu befreien. Aleas Kleidung wurde dabei völlig zerfetzt und er fügte ihr dabei solch schwere Verletzungen zu, dass sie abstürzte und mit ihm auf die Wiese knallte.

»ALEA!!«, schrie Mika, sprang über den Fluss hinüber und lief zu ihrer Tante. Taro lief humpelnd davon. »Was soll ich machen?? Was soll ich machen??«, rief sie panisch und kniete sich neben sie.

Sie stöhnte vor Schmerzen und Blut quoll aus den tiefen Wunden an ihrem Bauch, den Beinen und den Armen. »Hol Linn«, stöhnte sie. »Schnell!«

Mika sprang sofort in den Fluss und ließ sich vom Portallicht in ihre Welt reißen. Doch als sie dort ankam, stand sie direkt vor der Katastrophe, die sie in ihren Vorahnungen hatte kommen sehen.

16
einheit

Er hatte sie gespürt. In dem Moment, in dem sie in das eiskalte Wasser gesprungen war, um Mikas Hund zu retten. Und jetzt sah er sie dort liegen. Zitternd und verletzt. Er war noch nie so schnell gelaufen wie in diesen Minuten. Er schmiss sich sofort neben ihr auf die Knie, riss ihre Uniform auf und sah mit Schrecken die klaffenden Wunden an ihrem Bauch. Ihm schossen sofort die Tränen in die Augen.

Alea sah ihn an und keuchte: »Tut mir leid.« Ihr lief eine Träne aus dem Augenwinkel, die sich in ihrem nassen, roten Haar verlor.

»Alea, tu mir das nicht an«, hauchte Taro und legte seine Hände auf ihre Wunden. »Tu mir das nicht an!!«

Sie berührte seine Hände und fing plötzlich an, so bitterlich zu weinen, dass ihr ganzer Körper dabei bebte. »Du … musst … Linn … holen«, kam es zwischen ihrem Wimmern hervor.

»Wir haben keine Zeit!«, rief er. »Du musst mir helfen. Wir heilen dich! Wir kriegen das hin!« Doch er spürte in diesem Moment, dass sie kaum noch an ihre Kräfte glauben konnte. Ihre Schwingungen waren so weit abgesunken, dass sie sich mittlerweile auf einer zu niedrigen Ebene befand, um sich selbst heilen zu können. Sie glaubte nicht einmal mehr daran, dass sie gerade durch die Luft geflogen war, um den Hund zu retten. Das alles kam ihr plötzlich so unwirklich vor. Wie ein fantastischer Traum, der nicht real war.

»NEIN!«, schrie Taro sie an. »Hör auf damit! Sieh mich an! Sieh mich an!«

Alea drehte den Kopf zu ihm und sah ihn mit glasigen Augen an.

»Du bist Alea Marina Kaar! Die mächtigste und stärkste Gardistin Lumenias! Für dich gibt es keine Grenzen! Die gab es noch nie! Erinnere dich daran! Du bist Alea! Jeder kennt dich und jeder weiß, wie stark, wie grenzenlos und mächtig du bist. Sie kommen alle zu dir, wenn sie Rat suchen oder wenn sie in ihren Fähigkeiten trainiert werden wollen. Du bringst ihnen bei, ihr volles Potential auszuschöpfen, weil du weißt, wie mächtig wir alle sind. Und du weißt es deswegen, weil *du* so mächtig bist!« Ihm liefen unablässig Tränen über das Gesicht, während er sprach. »Weißt du nicht mehr, wer du bist, Schatz?«, wimmerte er und lehnte seinen Kopf gegen ihren. Dann sprach er an ihren Lippen weiter: »Du bist die Frau, die ich schon mein ganzes Leben lang liebe. Wir sind Eins. Weißt du nicht mehr?«

Er sah, wie sich in ihrer Erinnerung der Moment abspielte, in dem sie sich zum ersten Mal begegnet waren. Sie waren noch Kinder gewesen. Er, ein junger Raufbold, der seine Kräfte noch nicht unter Kontrolle hatte. Und sie, schon mit so jungen Jahren eine weise, mächtige Schönheit. Sie hatten sich gesehen – vor dem Palast, in dem er mit seiner Familie gelebt hatte – und im selben Moment gewusst, dass sie zusammen gehörten. Für immer. Sie hatten sich angelächelt, die Hand gereicht und waren zusammen zu seinen Eltern gegangen, dem König und der Königin von Lumenia. Und dort hatten sie kichernd angekündigt, dass sie heiraten würden.

»Wann?«, hatte der König gefragt. Er kannte solch schicksalhafte Begegnungen bereits und in seinem Kopf spielten sich schon Hochzeitsszenarien ab.

Alea, in ihrer jungen Weisheit, hatte ihn angesehen und gespürt, dass es noch eine Weile dauern würde und dass sie einige Hürden zu überwinden hatten. Doch der Zeitpunkt würde kommen. Das wusste sie. Und das wusste er. »Wenn der Moment da ist, werden wir Eins«, waren ihre Worte gewesen.

Und diese Worte sprach sie ihm jetzt auf die ängstlich bebenden Lippen.

In diesem Moment stürzte eine lebensverändernde Erkenntnis auf ihn ein. Er dachte an Lucy. Sie hatte in den letzten Tagen intensiv über dieses Einssein nachgedacht. Er hatte jeden ihrer Gedanken verfolgt und auch das Gespräch zwischen ihr, Nikolas, Hilar und Miriam mitbekommen, in dem sie erkannt hatten, dass die Ekstase – also die Vereinigung der Pole – der ursprüngliche Zustand war, der von den Menschen aufrechterhalten werden sollte. Der Zustand, in dem die Götter ursprünglich gelebt hatten. Sie hatten versucht, die Menschen in diesem Zustand zu halten, indem sie ihnen ein Spiel hinterließen. Ein Spiel, das die Einheit aufrechterhielt. Euphoria. Und auf einmal wusste er, was er zu tun hatte. Er umfasste ihr Gesicht mit beiden

Händen, lehnte seine Stirn gegen ihre und verband sich mit ihr. Er verschmolz mit ihrem Bewusstsein und ihrem Körper zu einer Einheit, in der es weder Trennungen noch Pole gab. Sie waren nicht mehr getrennt. Weder körperlich noch geistig. Er hörte jeden ihrer Gedanken in seinem eigenen Kopf, fühlte jede Emotion und spürte auch ihren schmerzenden Körper, als wäre nicht ihr Fleisch aufgerissen, sondern seines. Und in diesem Moment der Einheit entstand Ekstase. Trotz der Schmerzen, trotz der Traurigkeit, der Angst und der Kälte, stieg Ekstase in ihnen beiden auf. Einheit. Ein Gefühl voller Frieden, Harmonie und Seligkeit. Es gab keine Trennung. Nicht zwischen ihnen beiden und auch nicht zwischen ihnen und der Welt um sie herum. Er spürte das Gras unter ihrem Körper, den Wind in den Bäumen, das Wasser, das die Steine mit sich riss. Er war Eins mit allem. Und dies war der Augenblick, in dem er Heilung geschehen ließ. Er ließ seinen eigenen Körper heilen, der direkt mit ihrem verschmolzen war und sah nichts als vollkommene Gesundheit und Unversehrtheit. Er sah keinen Gegenpol, denn es existierten keine Pole mehr. Er war *alles*. Er strebte nichts an und er bekämpfte nichts, denn es gab keine Trennung zwischen den Polen mehr.

Plötzlich öffnete Alea die Augen und sah ihn an. Er konnte sehen, was sie sah und schlug ebenfalls die Augen auf.

»Ich danke dir«, flüsterte sie.

Taro senkte sofort den Blick hinunter zu ihrem Bauch, um zu sehen, ob die Heilung vollzogen war. Und tatsächlich! Die Wunden waren geschlossen! Es war nur noch etwas Blut zu sehen. Aber keine Wunden mehr!

Da nahm sie seinen Kopf zwischen ihre Hände, hob ihn wieder an und küsste ihn. Taro durchfuhr ein gewaltiges Gewitter, als sich ihre Lippen berührten. Die Gefühle durchzogen seinen Körper wie heiße Blitze und entfachten erneut die Ekstase in ihm. Er erwiderte ihre Küsse voller Leidenschaft und lachte leise, als sie seinen ganzen Körper an sich heranzog.

»Ich liebe dich«, hauchte sie auf sein Lächeln.

»Ich liebe dich auch, Alea«, flüsterte er zurück. »Für immer.«

17

UNTERGANG

Nikolas wollte und konnte sich nicht von ihr lösen, obwohl er wusste, dass er schon mehrmals von seinem Vater gerufen worden war. Sie lag so hilflos da. So völlig überfordert mit allem, was mit ihr geschah. Er wünschte, er könnte ihr all das Leid abnehmen, das sie empfand und all die Sorgen und Schwierigkeiten von ihren Schultern nehmen, mit denen sie konfrontiert war. Seit sie ihm begegnet war, hatte sie durch so viele schwere Zeiten gehen müssen. Und das tat ihm so unendlich leid. Er hatte doch immer nur eins gewollt: Ihr Glück. Er streichelte über ihre Wange und küsste ihre Stirn. Ihr Gesicht war friedlich und völlig entspannt. Sie bekam nichts von der Katastrophe mit, die sich um sie herum abspielte. Und das war auch gut so. Sie hatte schon genug erleiden müssen.

»Nik«, sagte Paco noch einmal. »Dein Vater.«

Doch er wich ihr nicht von der Seite, seit er sie hierher gebracht hatte. Taro war plötzlich wie der Blitz weggelaufen, als sie gerade ein Portal hatten öffnen wollen, um Lucy nach Lumenia zu bringen. Er wusste nicht, wo Taro jetzt war. Er musste doch mitbekommen haben, was passiert war. Warum ließ *er* sich nicht bei seinem Vater blicken?

»Niko, es ist wirklich wichtig«, sagte Linn jetzt. »Ich

kümmere mich schon um sie. Mach dir keine Sorgen.« Sie stand neben Lucys Bett und streichelte liebevoll ihren Arm.

Nikolas sah sie gequält an.

»Na los! Ich rufe dich sofort, wenn sie wach ist. Versprochen!«

Jetzt endlich ließ er ihre Hand los und ging langsam zur Tür, wo Paco auf ihn wartete.

»Lass uns gehen«, sagte er zu Nikolas. »Es passiert ihr hier nichts.«

Sobald Nikolas seinen Blick von Lucy losgerissen hatte, lief er mit Paco los. Sie rannten so schnell wie der Wind, erhoben sich über den Boden und traten auf die Luft, als sei sie aus Stein. Es dauerte nur einen kurzen Augenblick und sie standen mitten in der Eingangshalle des Gardezentrums.

»Sie sind in der Zentrale«, sagte Paco.

Sie fuhren mehrere Stockwerke nach oben und liefen durch einen langen Korridor in dem sie sehr viele aufgebrachte Kollegen trafen. An der Zentrale angekommen, traf Nikolas sofort auf seinen Vater. Er stand zwischen mehreren Gardisten vor den Computern und machte sein typisch nachdenkliches, jedoch völlig unbesorgtes Gesicht. Alle anderen um ihn herum waren in heller Aufruhr. Als Nikolas den Raum betrat, winkte sein Vater ihn zu sich.

»Wo ist Taro?«, fragte er.

Nikolas hob ratlos die Schultern. »Er ist plötzlich verschwunden.«

Erneut zeigte sich nicht der Hauch einer Sorge in seinem Gesicht. Nikolas sah, dass auch Hilar schon hier war. Neben ihm stand Miriam, die die Computermonitore aufmerksam betrachtete. Als sie Nikolas erblickte, fragte sie sofort nach Lucy.

»Sie wird wieder.« Die Antwort kam von Quidea. Er zwinkerte Nikolas wissend zu und lächelte kurz, widmete sich dann aber sofort wieder den Computern.

Nikolas stellte sich neben seinen Vater und sah in einem der Monitore, dass der Schutzschild immer schwächer wurde. Er war kaum noch zu sehen. Auch Miriam blickte erschrocken die hauchdünne Linie an, die sich immer mehr auflöste. Sie verlief in großem Abstand um die Insel herum, die viel größer war, als sie es sich vorgestellt hatte. Offenbar verfügten die Lumenier über Gerätschaften, die energetische Schutzmauern erkennen konnten, was sie sehr überraschte. Sie hatte immer geglaubt, dass man solche Energien nicht technisch sichtbar machen konnte.

»Macht euch bereit«, sagte Quidea jetzt ruhig und bedacht. »Eindringlinge werden mild abgewehrt. Und es bricht bitte niemand in Panik aus.«

Alle nickten sofort und viele Gardisten verließen auf seine Worte hin den Raum. Miriam sah den König von der Seite an und erkannte nicht den Hauch einer Sorge in seinem Gesicht. In ganz Lumenia waren die Menschen in heller Aufruhr, weil in wenigen Augenblicken ihr Schutzschild zusammenbrechen würde und der Rest der Welt das verborgene Land entdeckte. Doch Quidea war die Ruhe selbst. Hatte er gar keine Angst? Das war doch genau die Situation, die sie die ganze Zeit versucht hatten, zu verhindern.

»Angst entsteht durch Ablehnung, Miriam«, erklärte

Quidea auf einmal und sah sie dabei mit einem weisen Lächeln an. »Du kannst nur etwas fürchten, dass du ablehnst oder bekämpfst. Ich habe diese Situation zwar immer vermeiden wollen, um die Menschen in meinem Land zu schützen, doch ich weiß, dass alles seinen Sinn hat. Auch die schlimmsten Katastrophen. Und deshalb kann ich diese Situation nicht ablehnen. Sie ist okay.«

Miriam entgleisten die Gesichtszüge. *Okay?* Wie konnte man nur so gelassen sein, während das eigene Land drohte unterzugehen?

»Es wird nicht untergehen«, sagte Hilar jetzt. »Dafür sorgen wir.«

»Was ist mit dem Stein? Schon irgendetwas geortet?«, fragte Quidea jetzt einen Gardisten, der auf der anderen Seite des Raumes an einem Computer saß.

Dieser schüttelte jedoch mit dem Kopf. »Nichts«, sagte er. »Er könnte überall sein.«

Miriam sah Hilar erschrocken an. »Heißt das, jemand hat Lumenia mit Hilfe des verschwundenen Steins betreten und diese Katastrophe ausgelöst?«

»Möglich«, sagte Hilar nur. »Wir wissen es nicht.«

In diesem Moment löste sich die energetische Schutzmauer auf dem Bildschirm vollständig auf. Miriam sog erschrocken die Luft ein und hielt sich an Hilar fest. Dieser machte ein ängstliches Gesicht und sah Quidea an.

»Es ist soweit«, sagte er. »Machen wir uns auf etwas gefasst.«

Thomas hatte schon seit Tagen arge Probleme, mit seinen Gefühlen zurechtzukommen. Und nicht einmal jetzt, wo er sich in einer fremden Welt befand, in der es nur Glück und Liebe gab, beruhigten sich seine Emotionen. Im Gegenteil. Sie brachen unkontrolliert aus ihm heraus. Er hatte das Stadttor noch nicht einmal erreicht, da ging er in die Knie und brach völlig in sich zusammen. So viel Schmerz und so viel Leid plagte seine Seele. Erinnerungen an vergangene Zeiten drängten sich ihm ins Gedächtnis und schmerzten so sehr, als sei seitdem keine Zeit vergangen. Traumata aus der Kindheit, kleine und große Erlebnisse in seiner Jugend, die ihn verletzt hatten, Misserfolge im Berufsleben, die sein Selbstwertgefühl zerstört hatten. Alles kam auf einmal in ihm hoch. Und dann noch Marius' Tod, der ihn doch mehr mitnahm, als er gedacht hatte. Was war bloß mit ihm los?

Er schrie die Bilder in seinem Kopf an, dass sie verschwinden sollen, doch sie wurden dadurch nur immer stärker. Er atmete tief ein, griff wütend in die Wiese und versuchte, die Gedanken und Gefühle zu verdrängen. An etwas Anderes zu denken. Er dachte an Hannah, die so voller Begeisterung von diesem Land erzählt hatte. Er sah auf und betrachtete die wunderschön verzierte Stadtmauer. Es sah tatsächlich aus wie aus einem Märchen. Einige Türme, die hinter der Mauer in den Himmel ragten, waren wirklich golden, so wie Hannah es erzählt hatte. Welche großen Reichtümer musste es in dieser Stadt geben? Und in diesem ganzen Land! Er war auf eine Goldmine gestoßen. Hatte den Schlüssel zu einer Schatzinsel in der Hand. Er sah die Kette an, die in seiner geballten Faust lag, atmete tief durch und stand schließlich wieder auf. Er war der einzige Mensch in seiner Welt, der diese Stadt zu sehen bekam. Der Einzige, der einen Schlüssel besaß. Das musste er ausnutzen. Er konnte jetzt nicht einfach schlapp machen, nur weil er die Kontrolle über seine Gefühle und Gedanken verlor. Er ging weiter. Und als er das Stadttor durchschritt, überwältigte ihn die Schönheit dieser Stadt, die sich vor seinen Augen offenbarte, so sehr, dass ihm die Tränen kamen. Wie konnte eine Stadt, die so wunderschön war, nur all die Zeit im Verborgenen gelegen haben? Was hatten diese Menschen hier dem Rest der Welt nur vorenthalten? Seine Gefühle überwältigten ihn. Er weinte vor Verzückung. »Jetzt drehst du völlig durch«, sagte er schluchzend zu sich selbst und betrachtete sich die märchenhaften Gemäuer und Straßen, die Lichter, die Blumen. Es war atemberaubend!

Als er sich umsah und feststellte, dass die Stadt, zumindest in diesem Teil, menschenleer war, fiel ihm eine Geschichte ein, die man sich in seiner Welt des Öfteren erzählte und von der niemand wusste, ob sie real war oder der Fantasie entsprungen. In dieser Geschichte ging es auch um eine Stadt. Eine fremde Welt, in der eine Hochkultur wie diese gelebt hatte. Und auf einmal kam ihm der Gedanke, ob diese Geschichte vielleicht der Wahrheit entsprach, und sich die Menschen nur im Namen der Stadt geirrt hatten. Vielleicht hieß die Stadt in dieser Geschichte in Wirklichkeit Lumenia. Und nicht Atlantis. Vielleicht entdeckte er gerade eines der größten Mysterien der Menschheit! Doch wenn dem so war, dachte er, dann war diese Stadt und dieses ganze Land schon vor langer Zeit untergegangen. Im Meer versunken. Befand er sich vielleicht gerade unter dem Meer? In einer Luftblase vielleicht? Er sah nach oben und betrachtete den Sternenhimmel. War der Himmel nur eine Illusion? Oder das Antlitz der Dunkelheit des Meeres, gespickt mit unzähligen, winzigen Lichtern, deren Quelle ihm unbekannt war? Das würde erklären, warum nie jemand diese Insel entdeckt hatte. Sie war versunken! Untergegangen in der Tiefe des Meeres.

In diesem Moment begann die Erde unter seinen Füßen zu beben. Ein beständiges, gefährliches Rütteln, das sich anfühlte, als würde sich tief unter ihm die Erde auflösen und in einen tiefen Abgrund sinken. Und er wusste nicht warum, aber er hatte das seltsame und intensive Gefühl, als habe die Insel gerade auf seine Gedanken reagiert.

18
chaos

Es dauerte nicht einmal eine Stunde, da kreisten bereits Hubschrauber um die Insel. In den Teilen der Welt, in denen der Strom noch nicht ausgefallen war, flimmerten Bilder in den TV-Geräten, welche die Menschen in Staunen versetzten. Sie sahen eine halbmondförmige, hell erleuchtete Insel mitten im dunklen Ozean, die in keinem Atlas dieser Welt eingezeichnet war. Sie war plötzlich aus dem Nichts aufgetaucht. Als sei sie aus dem Meer aufgestiegen. Vielen Nachrichtensprechern hatte es die Sprache verschlagen, so dass sie kommentarlos die Bilder zeigten, die von einem Hubschrauber aus gefilmt wurden. Und während manche fassungslos vor den Fernsehgeräten saßen, brachen andere in helle Panik aus. Die Welt stürzte ins Chaos. Das Stromnetz war in vielen Teilen der Welt auf Grund des heftigen Energieanstiegs ausgefallen und viele nutzten diese Gelegenheit, um Geschäfte zu plündern und Banken zu stürmen. In jeder Stadt erklang das Heulen von Polizeisirenen, Krankenwagen und Feuerwehr. Weltweit brachen die Menschen entweder völlig in sich zusammen oder fanden ihren Seelenfrieden. Die einen schrien vor Seelenschmerz und die anderen lachten vor Seligkeit. Die hohe Energie löste bei jedem etwas Anderes aus. Diejenigen, die sich gegen die hohen Schwingungen und gegen ihre eigenen aufkommenden Gefühle und Gedanken wehrten, fielen in einen schmerzhaften Kampf und diejenigen, die alles annahmen und akzeptierten, hoben ab in einen ekstatischen Zustand. Doch sie alle veränderten sich. Ihr Bewusstsein schüttelte die auferlegten Masken ab, sprengte die Ketten der Begrenzung und entfaltete sich bei jedem Einzelnen auf seine ganz eigene Weise. Lucys Eltern und ihr Bruder liefen in diesem Chaos durch die Stadt zu Miriams Familie. Sie ahnten bereits, was geschah, hatten jedoch keine Möglichkeit, Kontakt zu jemandem aufzunehmen, da ihre Telefone nicht mehr funktionierten. Jede Möglichkeit der Telekommunikation war ausgefallen. Als sie an ihrem dunklen Haus ankamen, öffneten sie bereits.

»Maja hat gewusst, dass ihr kommt«, sagte Miriams Vater, der in der Tür stand und sie hinein winkte. »Sie hat euch gespürt.«

Maja stand mitten im Raum. David, Lucys Bruder, sah sofort, dass ihr Gesicht tränenüberströmt war. Im Wohnzimmer saßen Miriams Schwestern, ihre Männer und die Kinder bei Kerzenlicht am Wohnzimmertisch und machten besorgte Gesichter.

»Was ist passiert?«, fragte David und kniete sich zu Maja hinunter.

In dem Moment fing sie bitterlich an, zu weinen. »Taro«, sagte sie. »Er ist in einen Fluss gefallen.«

Ihre Mutter kam sofort zu ihr und legte tröstend ihren Arm um ihre Schultern.

»Taro?«, fragte David und wusste nicht, ob sie den Hund

meinte oder den riesigen Kerl, der seiner Schwester den Kopf verdreht hatte. Diese Frage erübrigte sich jedoch mit den Worten ihrer Mutter.

»Alea hat den Hund doch aus dem Wasser gezogen«, sagte sie mit beruhigender Stimme. »Das hast du doch gesehen!«

»Aber er ist verletzt! Er humpelt. Und er ist ganz allein.«

»Sie finden ihn bestimmt«, sagte David und lächelte sie zuversichtlich an. »Das sind *Lumenier*!« Damit hatte er es tatsächlich geschafft, sie zu beruhigen. Sie holte tief Luft und hörte augenblicklich auf, zu weinen. »Außerdem werden sie wohl kaum einen ihrer Berghunde hier zurücklassen. Du sagtest doch, das seien ganz besondere Tiere.«

Maja nickte und wischte sich das Gesicht mit ihrem Ärmel trocken.

»Hat jemand etwas von Lucy gehört?«, fragte Lucys Mutter jetzt in die Runde.

Alle schüttelten gleichzeitig mit dem Kopf.

»Sie werden wohl alle in Lumenia sein. Sie waren zuletzt alle bei ihr und Nikolas im Haus. Aber wir waren schon dort. Sie sind nicht da.«

»Dort sind sie auf jeden Fall in Sicherheit«, warf Lucys Vater ein.

»Und wie geht es jetzt weiter? Was wird geschehen?«, fragte Christina, Miriams ältere Schwester.

»Die Welt«, sagte Maja jetzt, »wie wir sie kennen«, sie sah von einem zum anderen, »hört jetzt auf, zu existieren.«

Sie sahen sie alle entsetzt an.

»Mika hat es mir erklärt. Die Schwingungen in Lumenia

sinken und in unserer Welt steigen sie so weit an, dass sie irgendwann auf einem Level sind. Wenn das passiert, wird sich unsere Welt verändern und ihre…«, wieder kamen ihr die Tränen, »wird untergehen, wenn…«

Jetzt brach die helle Panik im Raum aus. Sie überlegten sofort, wie sie Miriam und Lucy sofort dort wegholen konnten und überschlugen sich mit Worten. Vergaßen dabei aber völlig, dass Maja noch nicht ausgeredet hatte. Sie versuchte die ganze Zeit, die in Panik versetzten Stimmen zu übertönen, aber sie hatte keine Chance.

»Wir haben keinen Portalschlüssel! Und selbst wenn«, sagte Miriams Vater mit seiner lauten, brummigen Stimme, »würde uns die Schutzvorrichtung sofort aus dem Land reißen!«

»Wenn sie überhaupt noch existiert«, entgegnete Carla, Miriams Schwester. »Wenn die Schwingungen so niedrig sind, wird auch ihre Schutzvorrichtung zusammenbrechen.«

»Wir haben aber keinen Schlüssel!«, wiederholte ihr Vater noch einmal.

»Hört mir doch mal zu!«, rief Maja.

»War es nicht so, dass Taro über den Schutzwall hinweg Gedanken hören kann?«

»Nur, weil er direkt mit Lucy verbunden ist«, erklärte Lucys Mutter.

»Und was ist mit Nikolas?«

»Rufen wir sie doch einfach! Einer von den beiden wird uns schon hören.«

»Und wenn nicht?«, rief Carla ängstlich aus. »Wenn das Land schon am Untergehen ist?«

»Hört auf!«, rief Miriams Mutter. »Wisst ihr nicht mehr, was Quidea gesagt hat? Wir müssen auf unsere Gedanken aufpassen. Mit diesen Horrorszenarien machen wir nur alles schlimmer!«

Sie verstummten sofort und versuchten, sich zu beruhigen. Und in diesem Moment sahen sie, wie Maja auf den Boden sank und sich mit den Händen auf dem Parkett abstützte. Ihr Blick verlor sich im Nirgendwo.

»Maja?«, rief ihre Mutter panisch. »Was ist los?«

Sie driftete ab. Verließ diese Bewusstseinsebene und sank hinab in einen seltsamen Zustand, in dem sie nicht wach war und auch nicht schlief. Ihr Körper kniete auf dem Boden des Wohnzimmers, umgeben von den Menschen, die sie liebten, doch ihr Geist machte sich auf eine Reise an einen ganz anderen Ort.

In Lumenia herrschte ein ebensolches Chaos, wie in der Gegenwelt. Auch ihr Stromnetz brach zusammen, denn es wurde aus der Energie des Landes gespeist. Die Menschen liefen ängstlich durch die Straßen, versuchten sich zwar immer wieder unter Kontrolle zu bringen, doch die Tatsache, dass sie der Gegenwelt schutzlos ausgeliefert waren, versetzte sie in Panik. Die Welt, vor der sie sich immer hatten schützen wollen, die kranke Welt des Vergessens, war dabei, auf sie überzugreifen. Und sie konnten nichts tun. Ihr Schutzschild war verschwunden und ebenso schwanden ihre Kräfte. Hinzu kam das Beben, das einfach nicht aufhören wollte das ganze Land zu erschüttern. Sie spürten alle, was es bedeutete. Lumenia war dabei, unterzugehen. Jetzt in diesem Moment.

»Nicht!«, schrie Nikolas und riss Ren, den blauen Gardisten, an der Schulter herum. Er war gerade im Begriff gewesen, einen der Hubschrauber ins Meer stürzen zu lassen.

»Sie werden uns vernichten!«, schrie Ren zurück und deutete dabei in den Himmel, der nur so von Hubschraubern wimmelte.

Nikolas sah sich um. Die gesamte Armee der blauen Garde stand an der Küste und versuchte, die Hubschrauber mit ihrer Gedankenkraft auf Abstand zu halten. Ein Teil der Küste war bereits im Meer versunken. Das Wasser kam immer näher.

»Nicht sie sind es, die uns vernichten«, sagte Nikolas jetzt. Irgendetwas musste geschehen sein. Es konnte nicht allein daran liegen, dass sich die Energien der beiden Welten angeglichen hatten und sich der Schutzwall dadurch aufgelöst hatte. Das konnte nicht den Untergang Lumenias auslösen. Es musste etwas passiert sein. Und er vermutete stark, dass es genauso war, wie Mika und Willem es vorausgesehen hatten. Jemand hatte mit dem Tarnstein das Land betreten. Jemand, der mit nur einem dummen Gedanken oder einem Gefühl etwas ausgelöst hatte, das den Untergang Lumenias bedeutete. Denn, obwohl ihre Energie bereits sehr weit abgesunken war, war sie noch hoch genug, um einen einzigen Gedanken unmittelbar Wirklichkeit werden zu lassen. Doch er konnte immer noch nicht sehen, wer es war und wo er sich aufhielt. Es war, als existiere dieser Stein und sein Träger überhaupt nicht.

»Sie wollen landen!«, schrie jemand.

Nikolas sah, wie einer der Hubschrauber zur Landung ansetzte und sofort wie von einer energetischen Wand hinfort gedrückt wurde. Doch er kam sofort wieder zurück. Plötzlich wurde ihm klar, dass er diese Situation nicht mehr unter Kontrolle bringen konnte. Keiner konnte das. Wie sollte es weitergehen? Wollten sie die ganze Nacht Hubschrauber abwehren? Und den ganzen nächsten Tag, die nächsten Wochen, Monate, Jahre? Es war vorbei. Sie waren wieder Teil der Welt, die sie alle wie den Teufel fürchteten und konnten nichts dagegen tun. Und es spielte auch keine Rolle mehr. Lumenia war im Begriff, unterzugehen. Sie sollten sich vielleicht besser auf eine Evakuierung konzentrieren, als das Land bis in den Tod zu verteidigen.

Mit diesem Gedanken drehte er den Gardisten den Rücken zu und lief so schnell er konnte in die Stadt. Er musste seinen Vater dazu bringen, die Menschen aus diesem Land hinaus zu schaffen. Es würde nicht mehr lange dauern. Es blieb ihnen nicht viel Zeit. Er hoffte nur, dass sie genug Portalschlüssel hatten, um alle Menschen so schnell wie möglich in Sicherheit zu bringen. Er flog durch die Straßen direkt zurück zum Zentrum. Lucy war die Erste, die er hier wegbringen würde. Doch als er vor ihrer Tür stand, überkam ihn ein Gefühl, das seinen Körper sofort in die Knie zwängte und in einen tranceartigen Zustand versetzte. Er driftete in eine Ebene zwischen Schlafen und Wachen ab und sah plötzlich einen hellen Raum vor seinem geistigen Auge. Und mitten drin stand Lucy.

19

EKSTASE

Es war hell. Angenehm hell. Alles bestand aus Licht. Die Luft, die sie atmete und der Raum, in dem sie sich befand. Wenn es ein Raum war. Er dehnte sich bis in die Unendlichkeit aus. Es gab keinen Anfang und kein Ende. Keine Grenzen. Alles war Licht und alles war Unendlichkeit. Sogar sie selbst. Sie konnte ihren Körper zwar sehen, aber sie fühlte deutlich, dass auch er aus Licht bestand und mit der Unendlichkeit Eins war. Wie war sie hierher gelangt? Und warum war sie hier?

Plötzlich tauchte direkt vor ihr jemand aus dem Nichts auf. Eine Gestalt, die sich aus dem Licht manifestierte. Es war Marin! Sie kam auf Lucy zu und lächelte wissend.

»Wo sind wir?«, fragte Lucy.

»Wir sind hier«, sagte sie. »Im Zentrum. Nikolas hat dich hergebracht.«

Lucy sah sich um und konnte weder ein Bett erkennen noch einen Raum oder irgendetwas Anderes, das auf ein Gebäude schließen ließ. »Aber hier ist nichts.«

Marin trat an sie heran und betrachtete ihr Gesicht voller Liebe, Verständnis und Zuversicht. »Hier ist alles.«

Lucy runzelte die Stirn und sah sich erneut um. »Hier ist

nichts. Alles ist Licht.«

Jetzt nickte Marin. »Ganz genau. Alles ist Licht. Alles ist Energie. Es hat hier nur keine manifeste Form. Hier ist alles Eins. Du. Ich. Und das ganze Universum. Das«, sie machte eine ausladende Handbewegung, »ist die Wirklichkeit. Ohne Schleier, ohne Illusion, ohne Pole.«

Lucy sah sie erschrocken an. Befand sie sich etwa im Kollektivbewusstsein? In der Einheit? Ihr Herz, das ebenfalls aus Licht bestand, begann zu rasen. In diese Einheit kehrte man doch erst vollständig zurück, wenn man tot war! So hatte es ihr Alea einmal erklärt. Durch das Menschsein trat man aus dieser Einheit heraus, um sich selbst erfahren zu können. Als Individuum. Und wenn man starb, kehrte man in die Einheit zurück. War sie etwa tot? Und wenn sie tot war, warum konnte sie dann denken? Waren Gedanken nicht etwas, das vom Gehirn ausging?

Marin lachte. »Dein Gehirn ist nur ein Empfänger. Die Menschen verstehen das nicht. Sie glauben, dass ihr Gehirn Gedanken *erschafft*. Aber in Wirklichkeit ist dein Gehirn nur ein Werkzeug, mit dem du Schwingungen um dich herum empfangen und übersetzen kannst. Alle Gedanken, ob sie je gedacht wurden oder nicht, existieren bereits als Schwingungen in der Einheit. Du kannst dein Gehirn auf bestimmte Schwingungen ausrichten, sie suchen und empfangen. Und in diesem Moment übersetzt dein Gehirn sie in Gedanken, um sie für dich erkennbar zu machen. Alles, woran du also denkst, auch wenn du glaubst, dieser Gedanke sei neu, hat vorher bereits als Schwingung existiert. Dein Gehirn hat diese Schwingung nur zum ersten Mal empfangen und übersetzt.«

»Heißt das«, Lucy senkte den Blick und entdeckte, dass sie auf einem Lichtboden stand, der bis in die Unendlichkeit reichte, »dass eine Fantasie, die ich mir ausmale, schon vorher da war? Dass sie schon existiert hat, bevor ich sie mir ausgedacht habe?«

Marin nickte. »Egal, welchen Traum du dir erfüllen willst, er existiert bereits in der Einheit. So wie alles in der Einheit existiert. Es gibt nichts, das nicht existent wäre. Das, was du tust, wenn du dir eine Fantasie ausmalst, ist eine Ausrichtung deines Gehirns auf *diese* Schwingung, die schon längst da ist.«

»Also bin ich schon längst reich und wertvoll?«

»Ja, das bist du. Du hast es nur noch nicht wahrgenommen. Du hast die Schwingung noch nicht empfangen und in Bilder und Gedanken übersetzt. Oder in Gefühle. Dein Körper ist ein fantastisches Instrument, um das, was du hier siehst«, sie deutete wieder auf die Unendlichkeit, »in Formen zu verwandeln. Du kannst alles wahrnehmen und in Bilder, Gedanken und Gefühle übersetzen. Es gibt keine Grenzen. Die Grenzen finden nur in deinem Gehirn statt.«

Lucy fasste sich an den Kopf. Wenn sie Marin sehen konnte, also etwas Manifestes in dieser Unendlichkeit des Seins wahrnahm, hieß das, dass ihr Gehirn noch funktionierte? Sie war also nicht tot?

»Nein«, lachte Marin. »Du bist nicht tot. Du hast das Bewusstsein verloren, weil du mit all den Schwingungen, die dein Körper plötzlich empfangen und übersetzt hat, überfordert warst. Mir ging es genauso. Aber wir werden lernen damit umzugehen. Zusammen.«

»Wie?«, fragte Lucy.

Jetzt nahm Marin ihre Hände und sah sie bedeutsam an. »Diese Schwingungen sind auch jetzt da. Sie sind in der Einheit existent, wie *alles* existent ist. Aber sie können uns hier nichts anhaben.«

Weil ihre Körper im Augenblick schliefen und die Schwingungen nicht übersetzten, dachte Lucy, woraufhin Marin nickte.

»Hier erkennen wir, dass keine Schwingungen jemals gut oder schlecht sind. Erst unsere Übersetzung verwandelt sie in eine Form, die wir entweder als gut oder als schlecht empfinden. Wir müssen lernen, jede Schwingung durch uns hindurch fließen zu lassen, ohne jede davon zu übersetzen. Und wir sollten schnell lernen, denn wir müssen bald zurück.«

Auf einmal fiel Lucy ein, was geschehen war, bevor sie ohnmächtig geworden war und sah Marin ängstlich an.

»Hab keine Angst. Es wird alles gut. Aber es ist wichtig, dass du dich daran erinnerst, was du erkannt hast, bevor du das Bewusstsein verloren hast. Es war eine sehr wichtige Erkenntnis, die sehr viel verändert hätte, wenn du die Gelegenheit gehabt hättest, sie mit jemandem zu teilen. Weißt du noch, was es war? Sie hat dich sehr erschrocken.«

Lucy dachte einen Augenblick nach und erschrak sofort wieder, als ihr der Gedanke einfiel. »Die Trennung!«, rief sie aus.

Marin nickte. »Ja?«

»Die Trennung der Pole…«, sagte sie und hielt kurz inne, um ihre Erkenntnis in klare Worte zu fassen. »Pole bilden immer eine Einheit. Und sobald man sie trennt, streben sie wieder ihre Einheit an. Genau dasselbe ist mit den Welten passiert! Ihr habt die Welten getrennt. Die schlechte Welt, vor der ihr euch gefürchtet habt, von der guten Welt, die ihr aufrechterhalten wolltet. Zwei Pole. Gut und Schlecht. Durch den Schutzwall habt ihr eine Trennung der Pole vorgenommen und den schlechten Pol abgespalten, verdrängt, gefürchtet, bekämpft.«

Wieder nickte Marin und sah Lucy erwartungsvoll an.

»Aber die Pole haben wieder ihre Einheit angestrebt. Deswegen ist all das passiert! Die Energie ist immer weiter gesunken, während die Energie in meiner Welt immer mehr gestiegen ist. Sie versuchen auf einen gemeinsamen Level zu kommen, um wieder eins zu werden.«

»Das ist schon geschehen«, sagte Marin. »Die Welten sind wieder vereint. Die Pole verschmelzen. Doch die Menschen können sich aus dieser Polarität noch nicht lösen. Sie haben noch nicht erkannt, dass alles Eins ist. Selbst die Lumenier kämpfen noch gegen ihren vermeintlichen Gegenpol an. Deshalb wäre es so wichtig, dass sie erkennen, was du erkannt hast. Sie spüren bereits die Einheit und diese Erkenntnis hätte sich sofort verbreitet, wenn du sie nur ausgesprochen oder zu Ende gedacht hättest. Sie ist so bedeutend, dass sie alles ändern kann!«

Lucy sah sich hektisch um. »Ich muss es ihnen sagen. Ich muss aufwachen! Wie kriege ich mich wach?«

»Schhh«, machte Marin. »Es ist alles gut. Sie sind hier. Sie sind alle hier. Du kannst es sie wissen lassen. Jetzt in diesem Moment. Sie können dich spüren, wenn du sie mit deinem Bewusstsein berührst.«

Lucy sah sie entgeistert an und blickte sich dann noch einmal um. »Hier ist niemand«, sagte sie und geriet langsam in Panik.

»Zwei von ihnen sind schon die ganze Zeit bei dir«, sagte Marin jetzt und deutete mit ihrer Hand rechts neben Lucy.

Lucy wandte sich um und sah auf einmal Maja auf dem Boden knien. Sie hob gerade den Kopf an und lächelte glücklich, als sie Lucy erblickte.

»MJ!«, rief Lucy aus und nahm sie in den Arm.

Maja kicherte. Sie mochte es, wenn Lucy sie MJ nannte. Damit spielte sie auf Majas großes Idol an. Michael Jackson. Und gleichzeitig waren M und J auch die Anfangsbuchstaben ihres Namens: Maja Jenkins.

»Was machst du hier?«

»Ich weiß nicht«, sagte Maja. »Ich habe dich irgendwie gespürt und bin hergekommen.«

Als Lucy sich aus der Umarmung löste und wieder aufstand, bemerkte sie neben sich noch jemanden. Sie drehte sich um und wäre vor Glück fast zersprungen. Nikolas! Sie sprang ihm sofort in die Arme. »Du auch?«, rief sie glücklich aus. Er nickte.

»Sie sind alle hier«, sagte Marin noch einmal. »Du kannst sie alle berühren und sie erkennen lassen, was du erkannt hast. Jetzt und hier.«

Lucy war sich nicht sicher, ob sie das konnte. Wie sollte sie jeden einzelnen Menschen auf dieser Welt ihre Erkenntnis wissen lassen? Sie wusste zwar, dass sie mit ihnen allen verbunden war und dass sie hier bei ihr irgendwo in diesem Licht waren, aber sie konnte sie nicht sehen. Und das machte es für sie schwer diese Verbindung zu fühlen. Doch auf einmal berührte Nikolas ihre Hand und hielt sie ganz fest.

»Fühlst du mich?«, fragte er sie liebevoll.

Lucy nickte.

Maja stellte sich nun auch neben sie und nahm ihre andere Hand. »Und mich auch?«

Lucy lachte leise. »Ja«, sagte sie und verstand, was sie ihr deutlich machen wollten. Sie fühlte nicht nur ihre Hände, sondern auch ihr Bewusstsein. Es strömte durch sie hindurch, als sei es ein Teil von ihr. Und plötzlich wurde ihr klar, dass sie auch tatsächlich ein Teil von ihr *waren*. Sie waren Eins. Einem einzigen Bewusstsein entsprungen und in verschiedene Formen getaucht, um diese Welt auf verschiedene Arten erleben zu können. Auf einmal spürte sie Majas ganzes Leben. Alles, was sie je erlebt und sie zu dem gemacht hatte, was sie war. Sie spürte ihre ganze individuelle Wahrnehmung. Und auch Nikolas' Leben strömte durch ihr Sein. Seine Vergangenheit, all seine Erlebnisse und die Art, wie er die Welt betrachtete. Lucy erinnerte sich auf einmal daran, dass sie früher als Kind immer versucht hatte in Erfahrung zu bringen, wie ihre Mutter die Welt und das Leben betrachtete. Sie hatte sich in sie hineinfühlen und ihre individuelle Wahrnehmung entdecken wollen. Sie wusste schon damals, dass sie die Welt mit ganz anderen Augen betrachtete, als Lucy, da sie ja ein ganz anderes Leben lebte, andere Dinge erlebt hatte und anders dachte und fühlte als sie. Ihre Wahrnehmung war eine ganz Andere und es war immer ihr Wunsch gewesen, die Welt einmal durch ihre Augen betrachten zu können. Durch *andere* Augen. Andere Wahrnehmungsfilter. War sie deshalb zu einer Empathin geworden? Weil sie sich gewünscht hatte, so fühlen und denken zu können, wie andere Menschen? Vielleicht war dies ihr Schicksal. Sich mit allen Menschen zu verbinden und genau *das hier* zu tun. Auf einmal ergab ihr ganzes Leben einen tiefen Sinn. Alles, was sie erlebt hatte, hatte sie genau an diesen Punkt ihres Lebens gebracht und sie zu dem werden lassen, was sie jetzt war. Einheit. Mit Nikolas, mit Maja und mit dem Rest des Universums.

Sie schloss die Augen und spürte die Verbindung mit der gesamten Existenz. Sie musste sie nicht erst herstellen oder suchen. Sie war einfach da. Schon immer da gewesen. Die Welt war ein Teil von ihr und sie war ein Teil der Welt und aller Menschen, die darin lebten. Sie spürte, wie plötzlich Mika auftauchte, und die Hand von Maja ergriff. Und im nächsten Moment stand auch Taro da und nahm Mikas Hand. Alea war sofort neben ihm, Linn und Paco ebenfalls und Miriam und Hilar. Sie alle verbanden sich mit ihr und ließen sie spüren, dass sie alle Eins waren. Es brauchte nur noch einen winzigen Schritt und sie spürte die ganze Welt.

In diesem Moment ließ sie die Erkenntnis in sich aufsteigen, die sie den Menschen mitteilen wollte. Die Erkenntnis, dass alle Pole eine Einheit bildeten und die Polarität nur eine Illusion war. Sie war nur ein Spiel, das ihnen die Möglichkeit bot, Gegensätze wahrnehmen zu können. Sie ließ die Menschen erkennen, dass es weder Gut noch Schlecht gab und dass es keinen Sinn machte, das Gute anzustreben. Weil es dann immer auch den Gegenpol gab – das Schlechte – den man immer ablehnen würde und der immer da sein würde. Die einzige Möglichkeit, wahres Glück zu erschaffen, das nicht ins Gegenteil umschlagen konnte, war die Vereinigung der Pole. Das Auflösen der Polarität.

Sie versetzte sich in denselben Zustand, den sie schon durch ihre Vereinigung mit Nikolas kannte. Denselben Zustand, den sie auch gefühlt hatte, als sie Taro das Leben gerettet hatte und den sie ebenfalls spürte, wenn sie voller Leidenschaft in einer Tätigkeit aufging. Die Vereinigung der Gegensätze. Das Einswerden von Tun und Sein, von Körper und Geist, von Mann und Frau. Man konnte die Vereinigung von Polen auf so viele verschiedene Weise erleben. Doch es war immer dasselbe Gefühl. Mal stärker, mal schwächer. Und manchmal verlor man sich völlig darin. Ekstase! Sie spürten sie alle in diesem Moment. Jeder Mensch auf der Welt nahm sie war, der eine stärker, der andere schwächer. Doch sie alle konnten sie fühlen. Die Einheit. Die Vereinigung der Gegensätze, in der es kein Streben und kein Kämpfen mehr gab. Kein Ja und Nein. Kein Glücklich und kein Unglücklich. Nur noch Ekstase.

Die Welt stand still. Für einen Augenblick schien sie sich nicht mehr weiter zu drehen. Es war, als hielte sie den Atem an. Alle Menschen hielten einen Moment inne und fühlten die Verbindung mit dem ganzen Universum. Und es fühlte sich so wunderbar an, dass in diesem Moment niemand etwas tat oder sagte. Stumm blickten sie nach innen. Auf ihren Gesichtern ein sanftes Lächeln. Frieden kehrte ein. Ein Frieden, den sie alle einmal gekannt hatten. Vor langer langer Zeit. Die Erinnerung daran flammte in ihnen auf und ließ ihre Augen leuchten.

Lucys und Miriams Familie, die auf dem Boden um Maja herum knieten, kamen die Tränen vor Seligkeit und Frieden. Sie berührten sich. Hielten sich an den Händen und fühlten einfach nur die Harmonie, die in diesem Moment in ihnen allen entstand. Und sie waren dabei so glückselig, dass sie alle Probleme und Sorgen mit einem mal vergaßen.

Die Menschen, die die Geschäfte plünderten, standen mit ihren vollen Taschen mitten im Laden und bewegten sich nicht mehr von der Stelle. Sie ließen alles fallen und entspannten sich völlig. Plötzlich existierte für sie keine Armut mehr und kein Reichtum. Kein Wollen und kein Ablehnen. Alles löste sich auf und sie wurden Eins mit dem Universum.

Alea lag in Taros Armen. Sie standen vor dem Zentrum und waren im Geiste bei Lucy. Auch sie spürten die Einheit. Die Einheit zwischen sich selbst, die Einheit mit Lucy und die Einheit mit der Welt. Die Gardisten an der Küste wurden ruhig. Und die Hubschrauber hörten auf, um die Insel zu kreisen und verharrten auf einer Stelle. Thomas kniete mitten in der Stadt auf den gelben Straßensteinen und umklammerte seinen Brustkorb mit seinen Armen. Er spürte auf einmal eine solche Wärme. In ihm war Frieden. Grenzenloser Frieden. Er verstand nicht, was plötzlich geschehen war. Alles war auf einmal in Ordnung. Er selbst, die Welt und sein ganzes Leben. Er sah die Kette an, die immer noch in seiner Hand lag und spürte auf einmal kein Bedürfnis mehr in sich. Kein Ziel, kein Streben, kein Wollen und kein Wünschen. Es war alles fort. Hatte sich in Nichts aufgelöst. Er blickte die Statue an, die direkt vor ihm stand und lächelte. Die tanzenden Kinder erinnerten ihn an Hannah. Und auch an Maja. Ihre neue Freundin. Er stand auf, hängte die Kette an eine steinerne Hand der Skulptur und trat ein paar Schritte zurück. Auf dem Sockel der Statue stand »Euphoria«. Genau das Gefühl, das er in diesem Moment empfand.

Quidea hatte seine Hände auf einem der Computertische abgestützt, starrte ins Nichts und lächelte. »Lucy«, raunte er voller Anerkennung und Bewunderung. »Lucy Key.«

Lumenia bebte. Das konnte Lucy jetzt ebenfalls erkennen. Die Insel war im Begriff unterzugehen und so suchte Lucy jetzt mit allen Menschen zusammen ein Bild, das Lumenia in neuem Glanz erstrahlen ließ. Schön wie eh und je, heil und sicher und voller Energie. Sie verband sich mit dem Lumenischen Kristall, spürte sogleich die Energien der Vergangenheit, als dieser Kristall von den Göttern in Lumenia erschaffen worden war, und speiste ihn mit der Kraft der ganzen Welt. In diesem Moment stieg die Energie des Landes so weit an, dass es sich augenblicklich in eine andere Bewusstseinsebene hob. In eine Ebene, in der Lucy zuvor schon einmal gewesen war. An dem Tag, als Taro ihr all seine Kraft einverleibt hatte. Der Tanz der Götter.

Sie erschuf keine Trennung mehr. Lumenia blieb mit dem

Rest der Welt verbunden. Doch die Insel verschwand wieder vor den Augen der Menschen und löste sich in Nichts auf. Das Meer war wieder so, wie es sein sollte. Leer, dunkel und ruhig. Es gab keine Insel mehr, die nicht da sein durfte und doch wusste jeder, dass sie da war. Sie befand sich nur auf einer anderen Bewusstseinsebene. Eine Ebene, welche die Menschen in dieser Welt schon bald erreicht hatten. Die Energie würde weiter ansteigen. Die Menschen weiterhin erwachen und in dieselbe Ebene aufsteigen. Doch bis es soweit war, lag Lumenia im Verborgenen und wartete darauf, von den Göttern, die in dieser Welt gerade erwachten, wieder in ihre Mitte aufgenommen zu werden.

Als Lucy die Augen öffnete, waren alle fort. Nur noch Marin stand da. In ihrem Gesicht strahlte ein stolzes Lächeln. »Ruh dich aus«, sagte sie sanft. »Die schweren Zeiten sind vorbei.«

Plötzlich wurde es dunkel. Lucy spürte auf einmal ihren Körper wieder. Die Decke, die ihn einhüllte, duftete nach Blumen. Sie atmete tief ein, drehte sich zur Seite und kuschelte sich in das Kissen. Ja, dachte sie. Sie würde sich eine Weile ausruhen. Denn sie hatte das Gefühl, dass ihr etwas Großes bevorstand.

20
einheit

Miriam war, als sei die Welt ruhiger geworden. Es würde sich erst noch herausstellen, welche Veränderung wirklich in dieser Nacht stattgefunden hatte, doch sie glaubte, schon etwas in ihrem Umfeld erkennen zu können. Die Menschen waren entspannter und gelassener. Vielleicht lag es auch an ihr, aber sie sah seit Tagen keine Hektik mehr. Weder hier noch in der Innenstadt. Und das war, angesichts der Tatsache, dass das Stromnetz immer noch nicht wieder in Betrieb war und in dieser Schwingung auch nicht wieder in Betrieb gesetzt werden *konnte*, schon sehr ungewöhnlich. Anstelle von Chaos herrschte, selbst in einer solchen Situation, Harmonie. Es gab keine hupenden oder brüllenden Autofahrer, die sich an der toten Ampel stritten und es gab auch keinen Frust darüber, dass weder ein Computer noch ein Haushaltsgerät funktionierte. Die Menschen halfen sich gegenseitig beim Kochen, beim Wäschewaschen und anderen Dingen, die man zuvor mit elektrischen Geräten getan hatte. Hilar sagte, dass es bald wieder eine Energieversorgung geben würde, aber dass die Energie nicht mehr produziert werden musste. Jeder Mensch konnte sie selbst erzeugen. Unabhängig. Die Menschen mussten dies nur erst begreifen und ihre Möglichkeiten kennenlernen. Vieles auf der Welt musste verändert werden. Systeme mussten neu erdacht und entwickelt werden. Die Welt brauchte nun ihre Zeit, um sich selbst in diesem neuen Zeitalter aufzubauen.

Es war wirklich ruhiger geworden, dachte Miriam sich, als sie aus dem Küchenfenster sah. Alles lief irgendwie langsamer und friedlicher. Ruhiger und entspannter. Sie hatte das Gefühl, als würde niemand mehr etwas anstreben, sich für irgendetwas anstrengen oder um etwas kämpfen. Die Menschen lebten im Hier und Jetzt. Und damit waren sie vollkommen zufrieden. Hatten sich die Pole wirklich aufgelöst?

»Die Pole sind noch da«, sagte Hilar plötzlich. Er kam gerade in die Küche und stellte sich hinter sie, um auch aus dem Fenster zu sehen. »Die Menschen trennen sie jetzt nur nicht mehr. Sie erkennen die Wirklichkeit.«

»Die Einheit«, ergänzte Miriam.

Hilar nickte und küsste ihre Schulter. »Apropos Einheit«, flüsterte er und zupfte an ihrem Nachthemd.

Sie kicherte und schob ihn zur Seite. »Wir haben jetzt keine Zeit. Wir treffen uns doch mit Lucys Eltern. Wir müssen alles vorbereiten. Es ist bald soweit.« Sie ging rückwärts zur Küchentür und erkannte in Hilars schalkhaftem Blick, dass er sich davon nicht aufhalten ließ und so lief sie ihm jetzt quietschend und lachend davon. Er rannte ihr hinterher und jagte sie durch das Wohnzimmer. Miriam lachte so laut, dass Maja dabei fast aus dem Bett fiel. Als sie vor der Couch stand und eine große Sitzgruppe und ein gewaltiger Couchtisch zwischen ihnen standen, streckte sie ihm die Zunge raus. In diesem Moment machte er einen Satz, sprang über alle Möbel hinweg, packte sie und fiel mit ihr auf das Sofa. Das war so schnell gegangen, dass Miriam gar keine Gelegenheit gehabt hatte, zu reagieren. Und so lag sie jetzt völlig perplex unter ihm und guckte ihn fasziniert an.

»Du bist kein Mensch«, sagte sie auf einmal, woraufhin Hilar anfing, zu lachen. »Du bist Superman.«

Jetzt zog er fragend die Augenbrauen zusammen. »Wer?«

Miriam lachte. »Ein Superheld«, sagte sie dann. »*Mein* Superheld.«

Hilar küsste sie liebevoll und sah ihr dann innig in die Augen. »Apropos Einheit«, sagte er dann noch einmal.

Miriam holte schon Luft, um zu protestieren, doch in seinem Blick lag etwas sehr Ernsthaftes. Sie sah ihn fragend an und wartete.

»Miriam«, sagte er mit samtweicher Stimme. »Möchtest du meine Frau werden?«

Sie riss die Augen auf und schnappte nach Luft, nur um sich im nächsten Moment mit Armen und Beinen an ihm festzuklammern und an seinem Ohr zu rufen: »JA! JA! JA!«

21
ALLES GUT

Das erste, was Lucy sah, als sie ihre müden Augen öffnete, war Nikolas. In ihrem Gesicht zeigte sich sofort ein Lächeln.

»Guten Morgen«, sagte er und berührte dabei sanft ihre Hand.

»Morgen«, murmelte sie und streckte die Beine aus. Sie fühlte sich eingerostet. Als hätte sie wochenlang im Bett gelegen.

»Es waren nur ein paar Tage«, sagte Nikolas beruhigend.

Lucy schreckte sofort hoch und sah ihn groß an. »Ein paar Tage? Ich habe mehrere Tage lang geschlafen?«

»Du hast eine anstrengende Zeit hinter dir«, lachte Nikolas. »Ich denke, du warst einfach erschöpft.«

Lucy lehnte sich wieder zurück und dachte an die letzten Wochen. Das, was sie daran als am anstrengendsten empfand, war die Trennung von Nikolas gewesen.

Er senkte den Kopf. »Auch deine stetig wachsende Empathie hat dich sehr mitgenommen«, sagte er und sah sie wieder an.

Lucy seufzte. »Davon habe ich einen total verrückten Traum gehabt«, begann sie zu erzählen. »Ich war mit der ganzen Welt verbunden und…«, sie stockte, als sie sein Gesicht sah. »Das … war doch ein Traum?!«, fragte sie jetzt verunsichert.

Nikolas bewegte langsam den Kopf hin und her und grinste. Und auf einmal fiel Lucy alles wieder ein. »Das Beben!«, rief sie aus. Sie hatte danach das Bewusstsein verloren. Aber wieso erinnerte sie sich dann daran, gesehen zu haben, wie Lumenia unterging? »Oh Gott«, hauchte sie. »Wir sind untergegangen. Ich bin tot.«

Nikolas lachte und wollte schon warnend seine Hände heben, um ihr zu bedeuten, dass sie auf ihre Gedanken aufpassen sollte, aber das war jetzt nicht mehr nötig. Es gab keine Pole mehr. Zumindest waren sie nicht mehr voneinander getrennt. »Du bist nicht tot«, sagte er lachend. »Und Lumenia ist nicht untergegangen. Dank dir.«

Sie zog die Augenbrauen zusammen und sah ihn skeptisch an. Und während sie in Gedanken ihren Traum durchspielte, in dem sie sich mit der ganzen Welt verbunden hatte, um eine Erkenntnis weiterzugeben und um Lumenia zu retten, nickte Nikolas immer wieder. Sie hob fassungslos den Kopf und hielt sich die Hand an die Stirn. Erst jetzt sah sie all die Blumen, die in ihrem Zimmer standen. Sie waren überall im Zimmer aufgestellt und verbreiteten einen wunderbaren Duft. In manchen Sträußen steckten noch Karten.

»Ein paar davon sind von Taro«, klärte er sie auf. »Die anderen sind von meinen Eltern, Paco, Hilar, Alea und anderen Lumeniern, die dir ihren Dank aussprechen möchten.«

Lucy wurde vor Verlegenheit ganz rot. »Dank?«, fragte sie und klemmte sich ihr zerzaustes Haar hinter die Ohren. »Wofür denn? Ich habe doch nur getan, was Marin mir gesagt hat.«

»Sie hat dich nur angeschubst«, sagte Nikolas. »Den Rest hast du ganz allein gemacht.« Er nahm ihre Hände. »Die Erkenntnis, die du uns hast wissen lassen, war wohl die wichtigste in der Geschichte Lumenias. Vor lauter Angst vor der Gegenwelt konnten wir sie selbst nicht erkennen. Aber als wir alle dein Bewusstsein gespürt haben, wie es durch uns hindurch geströmt ist, wurde uns sehr vieles klar. Der Grund, warum ich ohne Portalschlüssel durch die Welten reisen konnte oder warum Taro und ich über den Schutzwall hinweg deine Gedanken hören konnten und auch Alea seit einiger Zeit diese Grenze überwinden konnte. Und auch, warum Mika kaum noch Grenzen in der Nutzung ihrer Energie fand. Es hatte alles ein und denselben Grund.«

Lucy nickte wissend und lächelte dabei. »Weil ihr gespürt habt, dass es keine Grenzen *gibt*. Keine Trennung. Weil alle Pole in Wirklichkeit nur Illusion sind.«

Nikolas nickte. »Selbst wir Lumenier haben uns selbst Grenzen auferlegt. Zum Beispiel die Grenze, dass man nicht über die Trennung des Schutzwalls hinweg sehen oder spüren konnte, was sich auf der anderen Seite abspielte. Oder die Grenze, dass niemand von uns einen Tarnstein finden könne, den Mika programmiert hat.«

Lucy riss erschrocken die Augen auf. »Was war denn nun damit? Wer hat ihn gehabt?«

Nikolas senkte den Kopf und lachte wieder. Er klang

dabei etwas beschämt. »Thomas«, sagte er dann leise.

Lucy schlug sich sofort die Hand auf die Stirn. »Sind wir doof! Der hätte uns doch als allererstes einfallen müssen!«

»Ja. Nur war seine Existenz durch den Stein komplett aus unserem Bewusstsein verschwunden.«

»Und…«, Lucy dachte an Mikas und Willems Vision, »hat er wirklich den Untergang ausgelöst?«

»Ja«, sagte Nikolas. »Mit einer kleinen, sehr schädigenden Vorstellung davon, was Lumenia ist.« Er erzählte ihr, dass er davon ausgegangen war, bei Lumenia handele es sich um Atlantis und dass er geglaubt hatte, er befände sich auf einer Insel, die schon lange im Meer versunken war. Von diesem Gedanken war er so überzeugt gewesen, dass dies den Untergang des Landes ausgelöst hatte. »Aber er ist wieder fort und hat den Stein hier gelassen.«

Lucy atmete erleichtert auf. »Hier muss man wirklich aufpassen, was für Bilder man in seinen Kopf lässt«, murmelte sie und zupfte ihre Bettdecke zurecht.

Nikolas zog sie ihr jedoch komplett von den Beinen. »Es ist nicht mehr so«, sagte er und reichte ihr die Hand. »Jetzt, wo wir die Polarität wieder so betrachten, wie sie in Wirklichkeit ist, gibt es keine Gegensätze mehr. Keine negativen und positiven Gedanken. Keine Pole.«

Lucy stand auf und sah ihn verwirrt an. »Das heißt, man darf in Lumenia jetzt böse Gedanken haben? Manifestieren sie sich nicht mehr sofort?«

»Gut und böse existiert nicht mehr. Alles ist zu einer Einheit verschmolzen« erklärte er, nahm ein paar Sachen von einem Stuhl und führte Lucy über den Korridor. »Es manifestiert sich nur noch das, was du in dieser Einheit bist. Gegensätze wie Glück oder Unglück, Arm oder Reich, wirken nicht mehr. Sobald du dich reich fühlst, entsteht auch der Gegenpol Armut. Da aber alle Pole nun Eins sind, funktioniert diese Art der Schöpfung nicht mehr.«

Lucy runzelte die Stirn. »Ist die Polarität jetzt vollständig aufgelöst?«

»Nein«, sagte er, nahm ihre Hand und hielt sie hoch. »Sie ist noch da. Sonst könnten wir, als Mann und Frau, also zwei gegensätzliche Pole, keine Einheit bilden. Die Pole sind nur nicht mehr getrennt. Du wirst sehen, dass sich jetzt auch in deiner Welt nach und nach alle Gegensätze auflösen werden. Arm und Reich, Gut und Schlecht. Alles verschmilzt miteinander. Das erfordert ein komplett neues Denken und ein vollkommen neues Weltsystem. All das wird sich jetzt entwickeln und aufbauen. Nach und nach.«

Er führte sie in ein großes Badezimmer, in dem sie sich baden, anziehen und zurechtmachen konnte. Alles lag für sie bereit. Ihre Haarbürste, ihre Kosmetiktasche, Kleidung und sogar ihr Lieblingsparfum stand auf einem kleinen Regal. Nikolas verließ den Raum und ließ sie erst einmal allein. Sie musste sich erst einmal sammeln. Und da war ein langes, heißes Bad eine sehr gute Idee, dachte sie sich. Sie ging zu der riesigen, runden Badewanne hinüber und drehte an dem Kristallknopf. Während das Wasser lief, sah sie sich um. Auch hier standen überall Blumen. Es hingen Kristalle von der Decke, die im hereinfallenden Sonnenlicht glitzerten und ihre Reflektion an die Wände warfen. Das Bad war fast komplett aus Marmor und die hellgelben Handtücher waren so flauschig, dass sie erst einmal eine Runde damit kuschelte. Sie seufzte genussvoll und stieg dann in das heiße Badewasser. Und dabei hatte sie das Gefühl, sie würde in pures Licht eintauchen, das sie mit Kraft auftankte.

Nach dem entspannenden Bad fühlte sie sich wie neugeboren und betrachtete sich, nachdem sie sich zurechtgemacht hatte, im Spiegel. Sie sah verändert aus. Von der Lucy, die sie einmal gewesen war, war nichts mehr übrig. Nicht einmal ihr dunkles Haar, das sie sich vor einer Weile beim Friseur hatte schneiden lassen, erinnerte an die Lucy von früher. Sie war ein vollkommen anderer Mensch. Von einem kleinen, unbedeutenden Etwas hatte sie sich in eine Frau verwandelt, die sie noch nicht vollständig kannte. In ihren Augen funkelte etwas Großes und Weises. Etwas, das sich anfühlte wie die Unendlichkeit, die sie in ihrem Traum kennengelernt hatte. Und auf einmal begann sie zu begreifen, was es bedeutete, ohne Pole zu denken und zu leben. Sie konnte den Glaubenssatz, wertlos zu sein und es nicht zu verdienen in Reichtum zu leben, nicht mehr in sich finden. Und auch den Gegenpol konnte sie nicht in sich hervorrufen. Sie konnte sich nicht reich und wertvoll fühlen, weil die Armut und die Wertlosigkeit nicht mehr in ihr existierten. Stattdessen fühlte sie sich mit allem vereint. Die Frage, ob sie wertvoll war oder nicht, stellte sich nicht mehr, weil es Wert und Wertlos nicht mehr gab. Sie war alles. Es gab nicht einmal mehr Antworten auf irgendwelche Fragen, weil die Fragen nicht mehr existierten. Alles war da. Alles war Eins. Sie *bestand* aus allem. Es war ein unglaubliches Gefühl! Sie berührte den Spiegel und dachte darüber nach, wie sich die Welt wohl jetzt verändern würde. So ohne Gegensätze. Doch bevor sie sich eine Vorstellung davon machen konnte, spürte sie Nikolas' Gegenwart vor der Badezimmertür.

»Bin gleich da!«, rief sie, kämmte sich noch einmal die Haare und trat dann hinaus.

Nikolas führte sie nach unten und verriet ihr, dass er ihr unbedingt etwas zeigen wolle. Als sie dann durch die Eingangshalle schritten, überkam Lucy eine gewaltige Welle von Zuneigung, Liebe und Dankbarkeit. Doch erst, als Nikolas die Tür öffnete, erkannte sie den Ursprung dieser Gefühle. Vor dem Gebäude schienen sich die Bewohner der gesamten Stadt versammelt zu haben. Sie hielten Blumen in den Händen und jubelten lautstark los, als Lucy aus der Tür trat. Luftballons stiegen auf und zwischen zwei Bäumen war ein Banner aufgehängt, auf dem »Danke, Lucy Key!« stand.

Lucy war völlig überwältigt. Ihr kamen die Tränen, die sie sich jedoch sofort verlegen wegwischte. Es war ihr einerseits unangenehm, so gefeiert zu werden, doch andererseits fühlte es sich so gut an von den Menschen in diesem Land so anerkannt und geschätzt zu werden. Sie spürte ihre Gefühle so deutlich, als fänden sie in diesem Moment in ihr selbst statt. Irgendwann kamen Miriam und Hilar auf sie zu, die ganz vorn gestanden und mitgejubelt hatten. Lucy freute sich so sehr, ihre beste Freundin zu sehen, dass sie ihr sofort um den Hals fiel.

Miriam kicherte. »Schön, dass du wieder da bist«, sagte sie. »War ganz schön langweilig ohne dich.«

Als sie sich wieder aus der Umarmung löste und ein

ungewöhnliches Strahlen in Miriams Gesicht bemerkte, hob diese schon die Hand und grinste so breit, das Hilar neben ihr anfing, zu lachen. Lucy bemerkte sofort den Ring, griff nach ihrer Hand und rief aus: »Ihr seid verlobt?!«

Miriam nickte energisch und Lucy spürte, dass sie vor Freude am liebsten auf und ab gehüpft wäre.

Alles war auf einmal gut. Die Menschen waren friedlich und selig und es gab keine Probleme mehr, keine Kämpfe, kein Streben. Und sie blickten nicht mehr in eine ungewisse Zukunft, die mit Angst behaftet war. Alles war einfach nur gut. Jetzt in diesem Moment. In der Luft lag ein solcher Frieden, dass es sich schon fast anfühlte wie ein Traum. Ein Märchen, in das sie eingetaucht war und das sie mit seiner Schönheit und seinem Strahlen blendete. Konnte das echt sein? War das die Wirklichkeit?

Lucy lächelte ein aus tiefstem Herzen kommendes, friedliches Lächeln und spürte, dass sie zum erste Mal in ihrem Leben wahrhaftig die Wirklichkeit fühlte. So wie sie wirklich war und so wie sie immer gemeint war. Das musste es sein, was die Einheit im Sinn gehabt hatte, als sie sich in einzelnen Wesen manifestiert hatte, um das Leben entdecken zu können. So war das Leben gemeint. Denn genauso fühlte es sich echt an. Nicht gut, nicht schlecht, sondern einfach *echt*. Ihr war, als sei ihr bisheriges Leben nur eine Illusion gewesen. Als sei ein Schleier gefallen, der die Wirklichkeit offenbarte. Und was sie sah, war Einheit. In ihrer schönsten Form.

21

SPIELREGEL X

Alles hatte sich verändert. Die Welt, sie selbst und ihr Leben. Ganz besonders ihr Leben. Es war ihrem Sein gefolgt. Ihrem Bewusstsein, das sich nach und nach entwickelt hatte. Lucy blätterte in ihrem Tagebuch die vergangenen Monate durch und konnte sich noch genau an die Momente erinnern, in denen sie all die wichtigen Erkenntnisse gehabt hatte, die sie an diesen Punkt ihres Lebens gebracht hatten. Sie hatte alles aufgeschrieben. Das ganze Abenteuer, durch das sie gegangen war, um zu sich selbst zu finden. Oft hatte sie ihren Gedanken und Gefühlen durch Gedichte Ausdruck verliehen und manchmal hatte sie auch einfach nur irgendetwas gezeichnet. Und selbst bei den kleinen Bildern konnte sie sich sofort an das Gefühl erinnern und die Gedanken, die sie an diesem Tag erfüllt hatten.

Doch die neueste Erkenntnis war so allumfassend, dass sie nicht wusste, wo sie anfangen sollte, sie zu beschreiben. Es war die Erkenntnis, dass alles Eins war. Dass es keine Pole gab und man auch ohne Pole etwas erschaffen konnte. Aber wie sollte das funktionieren? Sie war noch nicht vollständig dahinter gekommen. Obwohl es Momente gab, in denen sie diese Erkenntnis vollkommen verinnerlicht und verstanden hatte, fiel sie immer wieder aus diesem Bewusstsein heraus. Ihr Verstand hatte die Sache noch nicht ganz erfasst. Doch diesem musste sie die Einheit jetzt erklären, um Sätze formulieren zu können. Wenn sie sich etwas Schönes erschaffen wollte, entstand doch sofort auch der Gegenpol dieser Schöpfung, das Schlechte. Wie konnte sie also etwas erschaffen, das keinen Gegenpol hatte? Etwas, das nicht scheitern konnte, weil es diese Option gar nicht gab. Sie wollte sich diesen Weg aufschreiben, damit sie ihn nie wieder vergaß, doch ihr fiel einfach keine Formulierung dazu ein.

Versetze dich in Ekstase, erklang es in ihrem Kopf. Nikolas hatte all ihre Gedanken gehört und wollte ihr offenbar auf die Sprünge helfen, obwohl er wusste, dass sie lieber für sich war, wenn sie in ihr Tagebuch schrieb. *Tut mir leid*, dachte er anschließend.

Lucy lächelte ihr Tagebuch an. Sie saß im Schlafzimmer auf dem großen Bett, während er in der Küche stand und ein Lumenisches Essen als Überraschung für sie zubereitete. *Ist schon gut*, dachte sie. *In Ekstase versetzen also.*

Sie spürte Nikolas' Grinsen bis in die Knochen. *Du kennst das Gefühl ja. Das Gefühl der Vereinigung. Das Einssein mit allem, was ist.*

Ja, das Gefühl kannte sie gut. In Ekstase lösten sich alle Gegensätze auf. Sie hatte es schon so oft gefühlt. Am Intensivsten jedoch, wenn sie mit Nikolas zusammen war. Dasselbe Gefühl hatte sie aber auch von Maja gespürt, als sie bei ihrem Auftritt auf der Bühne gestanden hatte und mit der Musik und ihrem Tanz verschmolzen war. In dem

Moment war sie völlig in Ekstase aufgegangen. Es war ein Gefühl wie ein Orgasmus. Nur, dass er im Herzen stattfand.

Nikolas lachte unten in der Küche und Lucy lachte ebenfalls. *In dieser Ekstase spürst du keine Pole. Stellst du dir in diesem Zustand Glück vor, wird das Glück ebenfalls zu einem ekstatischen Zustand und so verschwinden die Pole. Glück ist dann nicht mehr das Gegenteil von Pech, sondern ein völlig neutraler Realitätszustand.*

Du kannst es auch anders machen, erklang plötzlich eine andere Stimme in ihren Gedanken. War das Mika? *Entschuldigung, dass ich euch unterbreche,* dachte sie.

Lucy lachte wieder. Das war ja fast wie eine Konferenzschaltung!

Betrachte das, was du erschaffen willst, einfach ohne Polarität. Wenn du Glück willst, stell dir die Glückssituationen vor, aber betrachte das Glück nicht als Glück, denn dann hat es ja einen Gegenpol, sondern als etwas Neutrales. Du musst die Wirklichkeit sehen. In der Wirklichkeit sind die Pole nicht getrennt. Es gibt kein Glück und kein Pech. Es gibt nur **Situationen.**

Das ist ganz einfach, das war jetzt Taro. Als Lucy und Nikolas seine Stimme hörten, brachen sie wieder in Lachen aus und kriegten sich fast nicht mehr ein. Jetzt, wo sie alle in einer Einheit lebten, gab es wohl so etwas wie Privatsphäre nicht mehr. Taro lachte ebenfalls, fuhr aber einfach fort. *Du betrachtest das, was du willst, so wie es wirklich ist. Neutral. Und in diesem Moment verbindest du dich damit. Wirst Eins damit, lässt Ekstase entstehen.*

Ich würde es ja so formulieren …

Miriam?, fragte Lucy in Gedanken und schmiss den Kopf

vor Lachen in den Nacken.

Naja, man muss es sich ja nicht komplizierter machen, als es ist, dachte Miriam. *Ich denke, es geht auch einfacher. Also, du hast ja von Marin erfahren, dass man Gedanken nicht erschafft, sondern dass alles in der Einheit schon existent ist. Also existiert deine Wunschvorstellung in der Realität schon.*

Lucy nickte.

*Es ist also nichts, das du erst noch erschaffen musst. Es ist schon längst da. Also fällt schon mal die Absicht weg. Du fokussierst dich einfach nur auf diese Schwingung und lässt sie von deinem Gehirn in Bilder übersetzen. Und dann betrachtest du sie ohne Bewertung. Also total ohne Gegensätze. Sie ist nicht gut oder schlecht, macht weder glücklich noch unglücklich. Sie ist einfach nur das, was sie ist. Realität. Neutral. Und du erlebst diese Situation so, wie du Situationen immer erlebst. Du bist du, du bist die Situation, du bist der Raum, in dem die Situation stattfindet, du bist einfach **alles**. Du spürst in diesem Moment die Einheit, weil du mit allem in dieser Situation verbunden bist. Nur, dass du nichts mehr bewertest. Denn ohne Bewertung gibt es keine Pole. Und ohne Pole gibt es keine Alternative zu dieser Situation. Fertig.*

Alle waren plötzlich still. Nur Hilar dachte auf einmal etwas. *Genial,* durchfuhr es alle Mithörer.

Eigentlich ganz einfach, dachte Lucy sich. Ohne Bewertung gab es tatsächlich keine Pole und auch keine Alternative zu der erträumten Situation. Sollte man das mit den Glücksgefühlen also völlig sein lassen und sich die erwünschten Situationen nur noch neutral vorstellen? Ohne dabei glücklich zu sein? Denn, wenn man sich glücklich fühlte, gab es doch auch den Gegenpol. Die unglücklichen Gefühle. Aber war Euphoria nicht auf diesen glücklichen Gefühlen aufgebaut? Sollte man sie nicht nach oben jagen und sich mit ihnen die gewünschte Realität erschaffen?

Die Glücksgefühle hochzufahren, dachte Nikolas jetzt, *war und ist ein Weg, diesen Zustand zu erreichen, der von Anfang an beim Spielen aufrechterhalten werden sollte. Ekstase. Oder Euphorie. Dass wir daraus ein Spiel der Pole gemacht haben, war unser Fehler und nicht vom damaligen König, der das Spiel erfunden hat, vorgesehen gewesen. Das Ziel des Spiels ist es, nach wie vor, die Menschen in einem Zustand der Einheit zu halten, in der sie ihre Realität so erschaffen können, wie sie sie haben wollen. Dieser Zustand wird sowohl durch die Absichtslosigkeit als auch durch die Akzeptanz und das Hochfahren der Glücksgefühle erreicht. Sofern die Glücksgefühle nicht polar sind, sondern aus dem Gefühl der Einheit entstehen, also Ekstase.*

Lucy ließ sich all das eine Weile durch den Kopf gehen, machte sich ein paar Notizen in ihr Tagebuch und dachte dann: *Wir haben unsere Glücksgefühle hauptsächlich polar entstehen lassen, stimmt's? Also nicht aus der Einheit.*

Ja, wir haben ebenfalls das Gute angestrebt, das Gute gedacht, das Gute gelebt, und Schlechte ausgeblendet. Aber dies hat beide Pole aufrechterhalten und den negativen Pol ebenso stark gemacht, wie den positiven, da sie immer gemeinsam auftreten und eine Einheit bilden, dachte Nikolas.

Ich denke, ich hab's jetzt, schickte Lucy ihnen allen in Gedanken und tippte mit ihrem Stift auf das Papier. *Euphoria war dazu gedacht, die Einheit aufrechtzuerhalten,* dachte sie. *Deshalb die Spielregeln. Sie bringen einen in diese Einheit hinein,* indem man durch die Akzeptanz den einen Pol nicht ablehnt und durch die Absichtslosigkeit den anderen Pol nicht anstrebt. *Die Glücksgefühle waren dazu gedacht, einen in dem Zustand der Ekstase zu halten, in dem es keine Pole gibt, sondern nur das Gefühl der Einheit. Sich also reich zu fühlen nützt gar nichts, wenn man den Gegenpol, also die Armut, ablehnt oder anders herum den Pol Reichtum anstrebt. Weil man so nur zwischen den Polen hin und her pendelt.* Sie hielt einen Moment inne, um zu überlegen und dachte dann weiter: *Eine Spielregel, wie die Akzeptanz oder die Absichtslosigkeit setzt aber voraus, dass man aus der Einheit bereits herausgefallen ist. Das heißt, der König muss damals schon gewusst haben, dass das passieren würde.*

Wieder war es still zwischen ihnen. Irgendwann dachte Taro: *Da hast du absolut recht. Offensichtlich waren die Götter damals noch mächtiger, als wir es uns ausmalen können. Und anscheinend ist unsere Mutter noch weiser, als wir es ahnen. Sie hat diese Entwicklung nicht nur kommen sehen, sondern steckte mittendrin. Dass sie aus unserer Welt herausgefallen ist, um ihren Gegenpol kennenzulernen, war kein Zufall gewesen. Es gehörte zu dieser Entwicklung dazu und hat uns zu dieser Erkenntnis geführt, die wir nicht erlangt hätten, wenn das alles nicht passiert wäre. Wir mussten all das erkennen, um wieder dahin gelangen zu können, wo wir ursprünglich hergekommen sind.*

Das war eine ganz schön lange Reise, dachte Miriam.

Lucy nickte. *Und sie hat uns alle hierher geführt. Eigentlich brauchen wir jetzt, wo wir zur Einheit zurückkehren, keine drei Spielregeln mehr. Sie haben doch alle nur einen Zweck: Die Einheit. Man könnte sie auch zusammenfassen zu einer einzigen Regel.*

Die da lautet?, fragte Taro.

Spielregel X – Es gibt keine Trennung. Oder: Alles ist Eins, dachte Lucy.

Spielregel X klingt gut, dachte Miriam.

Alle nickten. *Ich werde es meinem Vater ausrichten,* dachte Taro amüsiert und klinkte sich schließlich wieder aus dem Gespräch aus. Als Lucy dann nach einer Weile wieder ganz für sich war, klappte sie ihr Tagebuch wieder auf und dachte noch einmal über die Ekstase nach. Sie formulierte das Gefühl in einem Gedicht, das ausdrückte, wie sie die Veränderung und die Beeinflussung der Realität empfand. Wie die Ekstase auf die Wirklichkeit einwirkte und sie in neue Muster verschob. Und wie Lucy schon in der Vergangenheit auf die Realität eingewirkt hatte. Mit ekstatischen Momenten.

So oft, wie ich geträumt,

so oft, wie ich gedichtet,

mit Glanz in den Augen

und glücklicher Fantasie.

So oft, wie ich gefühlt,

so oft, wie ich gelacht,

aus Spaß, aus Glück,

aus Fantasie.

So oft, wie ich spielte,

so oft, wie ich tanzte,

gespeichert in der Ewigkeit,
ein Teil meiner Vergangenheit.

Der Druck wird so groß,
der Sog umso heftiger.
Ein Knarren, Krachen und Reißen.
Die Realität zerfetzt.

Sie kann nicht mehr halten,
so, wie sie jetzt ist.
Zu oft hab ich geträumt,
zu oft geleuchtet vor Glück.

Es verschiebt sich die Wirklichkeit!
Es muss sein,
denn meine Macht
hat die Realität verzerrt.

Das Knarren wird lauter,
die Kraft noch viel stärker.
Bänder dehnen sich,
Glaube zerreißt.

Altes vernichtet,
aufgelöst in Nichts.
Und das Netz verschiebt sich
in ein neues Muster.

Zu oft hab ich geträumt,

zu oft hab ich gedichtet.

Mit Glanz in den Augen

und glücklicher Fantasie.

Zu oft, als dass alles so bleiben könnte,

wie es war.

Viel zu oft.

Ja, es hatte sich viel verändert. Sie, die Welt und ihr ganzes Leben.

22

VEREINIGUNG

Der ganze Tag war eine einzige Zeremonie. Und er würde den Menschen immer in Erinnerung bleiben. Lucy war schon am Morgen mit Blumen geschmückt von der weißen Garde und einer Schar von Kindern durch die Stadt geführt worden. Ebenso Nikolas. Gemeinsam waren sie durch die Straßen geschritten, die voller jubelnder Menschen waren, die ihnen Glückwünsche zuriefen.

Im Kuppelgebäude, in dem der Lumenische Kristall aufbewahrt wurde, hatten sie Halt gemacht, die Kristallkugel gemeinsam berührt und sich als Zeichen der Vereinigung an den Händen gehalten und geküsst. Dann hatte es ein großes Festmahl im Palast mit einer Rede des Königs und der Königin gegeben und nun wurden sie für die Vermählung vorbereitet.

Alea und ein paar andere Frauen halfen Lucy mit dem Kleid, das genauso aussah, wie es Taro vor einiger Zeit in einer pompösen Zukunftsvision gesehen hatte. Es war groß und schwer und der Schleier war so lang, dass der ganze Raum damit ausgelegt war. Die Kinder in ihren hübschen, Lumenischen Kleidern und Anzügen standen schon bereit, um den Schleier zu tragen und Blütenblätter vor Lucys Füße zu streuen. Lucys Herz hämmerte vor Aufregung gegen ihre

Brust und in ihrem Bauch kribbelte es so wild, dass ihr hin und wieder übel wurde. Sie atmete tief durch und legte sich die Hand auf den Bauch.

»Geht es?«, fragte Alea lächelnd.

Lucy nickte und spürte, wie ihr Atem zitterte.

»Linn kommt gleich und beruhigt dich etwas.«

In ihrem Kopf tobte es. Sie schaffte es kaum, ihre eigenen Gedanken zu ordnen, doch am allerwenigsten konnte sie die fremden Gedanken all der Menschen, die voller Aufregung und Freude das kommende Ereignis erwarteten, verstummen lassen. Sie hatte zwar mit Marin ein wenig geübt, die Gedanken durch sich hindurch strömen zu lassen, ohne sie zu übersetzen, aber im Moment fiel es ihr unheimlich schwer *irgendetwas* hinzubekommen.

Eine der Frauen trug nun ein rotes, samtenes Kissen in den Raum, auf dem eine Kette mit einem wunderschönen Steinanhänger lag. Er war in eine Wellenform geschliffen worden und ähnelte damit sehr Lucys Narbe an der Hand.

»Genau das war auch der Sinn dahinter gewesen«, erklärte Alea zwinkernd. »Er symbolisiert dich, deine Geschichte, dein Schicksal und deine Kraft.« Sie nahm der Frau das Kissen ab, hielt es Lucy vor die Brust und sagte: »Du bist jetzt ein Teil Lumenias. Die Menschen haben ihre Liebe, ihre Zuneigung und ihre Dankbarkeit, die sie für dich empfinden, in diesen Stein fließen lassen. Er ist von Taro zu deinem Schutz, von Nikolas zu deinem Glück, von Linn zu deiner Gesundheit, von Paco zu deiner Stärke und Kraft und von mir zur Bewahrung deines erwachten Götterbewusstseins programmiert worden. Quidea und

Marin haben all ihren Segen eingespeist und Mika hat noch etwas ganz Besonderes damit gemacht.« Sie hob die Kette hoch, legte sie ihr an und strich mit dem Finger darüber. In diesem Moment strahlte sie ein warmes Licht aus, das Lucy einhüllte und danach sofort wieder erlosch. »Sie hat ihn zu deinem ganz persönlichen Portalschlüssel gemacht. Du kannst nun kommen und gehen, wann immer du willst.«

Lucy standen vor Rührung erneut Tränen in den Augen. Sie berührte das Silber, in das der Stein eingefasst war und bedankte sich flüsternd, da ihre Stimme versagte. In diesem Moment kam Linn herein. Sie schritt in einem wunderschönen, zarten Kleid an sie heran und lächelte liebevoll. Lucy flehte sie an, sie ein wenig zu beruhigen, da ihr vor Aufregung schon ganz schlecht war. »Ich bin so viel Aufmerksamkeit nicht gewöhnt«, sagte sie und legte wieder eine Hand auf ihren Bauch.

Linn nickte nur kurz, schloss die Augen und legte eine Hand vorsichtig auf ihren Brustkorb. Ihre Hand strahlte eine angenehme Wärme aus und Lucy spürte sofort, wie sie ruhiger wurde. Doch plötzlich öffnete Linn die Augen und sah Lucy groß an.

»Was?«, fragte Lucy erschrocken. »Was ist?«

Auf einmal lächelte Linn wissend. »Da sind zwei Herzen, die ich beruhigen muss.«

Lucy wurde augenblicklich kreidebleich. Sie dachte im ersten Moment tatsächlich, dass irgendetwas mit ihrem Herzen nicht stimmte und es doppelt schlug. Erst einige Sekunden später erkannte sie die Bedeutung von Linns Worten und sah sie an, als könne sie nicht glauben, was sie gehört hatte. Doch Linn nickte bestätigend und lachte glücklich. »Du bist schwanger, Lucy.«

Mit diesen Worten löste sie ein Gefühl in Lucy aus, das sie noch niemals zuvor gefühlt hatte und das sie doch an etwas erinnerte, das sie kannte. Einheit. Sie entstand in diesem Moment in ihrem Körper. Die Verbindung zweier Pole, die neues Leben hervorbrachte. Ein Kind. Die Vorstellung, dass sie aus ihrer Vereinigung etwas erschaffen hatten, das aus ihrer beider Verschmelzung entstand, das sowohl Nikolas als auch Lucy war und trotzdem etwas vollkommen Neues, ein Kind, löste das größte Hochgefühl in ihr aus, das sie jemals erlebt hatte.

Nikolas trug einen weißen, Lumenischen Anzug, stand vor dem großen Spiegel und betrachtete sich darin. Er sah genauso aus, wie es sich sein Vater und seine Mutter in ihren Träumen immer ausgemalt hatten und auch, wie er es sich selbst immer vorgestellt hatte. Er hatte immer gewusst, dass es die Frau gab, mit der er diesen Tag erleben wollte und er hatte auch gewusst, dass er sie nicht in Lumenia finden würde. Ob es sie erschrecken würde, wenn er ihr verriet, dass er sie schon im Hochzeitskleid vor sich gesehen hatte, als er sie mitten in der Stadt mit sich gerissen hatte? Das Schicksal und die Verbindung hatte er zwar am deutlichsten gespürt, als sie im Zug gesessen hatten und sie sich die Bäuche vollgeschlagen hatten, aber die mögliche und wahrscheinliche Zukunft hatte er schon viel früher erkannt. Auch wenn er diese Tatsache zunächst verdrängt hatte, weil er sich nicht hatte vorstellen können, in ihrer Welt zu leben.

Er zog das Tuch an seinem Hals zurecht, sah sich noch einmal in die Augen und erkannte das größte Glück darin. Es bebte in seinem Brustkorb und strömte durch seinen ganzen Körper. Er war die vollkommene Seligkeit. Auf dem Weg zum großen Saal, in dem sie vermählt werden würden, schwebte er auf Wolken und konnte einfach nicht aufhören zu grinsen. Er spürte, dass es mehr als diese Hochzeit war, das ihn erfreute. Er konnte es vor lauter Aufregung nur nicht deuten. Auf halber Strecke kamen ihm Hilar und Paco entgegen und klopften ihm glückwünschend auf die Schulter, als sie ihn erreicht hatten. Sie begleiteten ihn zu dem großen Saal des Palastes, den er mit ihnen gemeinsam von einer Seitentür aus betrat. Ein lautes und bewunderndes Raunen erklang, als er langsamen Schrittes auf den Pult zuging, hinter dem bereits das Königspaar stand, um die Vereinigung zu vollziehen. Auf einem blauen Samtkissen lagen schon die Ringe bereit. Er stellte sich vor seine Eltern, begegnete ihren glücklichen Gesichtern mit einem Lächeln und wartete. Auf die Braut, auf die er schon sein ganzes Leben lang gewartet hatte.

»Tieeef Luft holen«, sagte Linn, berührte Lucy noch einmal am Arm, um sie zu beruhigen und begleitete sie dann durch den Korridor, der in eine kleine Vorhalle des Palastes führte. Dort wartete bereits jemand auf sie vor einer großen, goldenen Flügeltür, um sie zu ihrem Bräutigam zu führen.

Als Lucy ihn erblickte, polterte ihr Herz wieder los. »Taro«, hauchte sie.

Er lächelte glücklich, als er sie sah und betrachtete sie

voller Bewunderung. Doch auch er sah umwerfend aus! Er trug ebenfalls einen weißen, Lumenischen Anzug, der seine braune Haut und seine schokoladenbraunen Augen nur noch mehr zur Geltung brachte.

»Du siehst wunderschön aus«, sagte er und bot ihr seinen Arm an.

Lucy hakte sich ein, stellte sich neben ihn und ließ ihn in Gedanken wissen, was sie gerade von Linn erfahren hatte, während sie darauf wartete, dass sich die Tür öffnete.

»Ich weiß«, flüsterte er und sah sie lächelnd an. »Ich habe es im selben Moment erfahren.«

Lucy erinnerte sich wieder daran, dass sie ja emotional mit Taro verbunden war und er alles spürte, was in ihr vorging.

»Aber Nikolas weiß es noch nicht«, sagte er dann und zwinkerte ihr zu. »Er ist zu aufgeregt, um seine Gedanken ordnen zu können.«

Lucy lachte leise. »Dann geht es ihm wie mir.«

In diesem Moment öffnete sich die Tür. Sie schwang auf und eröffnete Lucy den Blick auf eine prunkvolle Halle voller Menschen. Sie war über und über mit Blumen dekoriert und am Ende des mit einem roten Teppich ausgelegten Weges, stand er. Nikolas Key. Der Mann ihrer Träume.

Taro führte sie in langsamen Schritten den Gang entlang. Die festlich gekleideten Menschen bewunderten Lucy mit leuchtenden Augen und sendeten ihr in Gedanken ihre schönsten Gefühle und Bilder. Lucy sah ganz vorn ihre Familie sitzen. Und auch Miriam und ihre Familie saßen in den ersten Reihen und bewunderten Lucy mit glücklichen

Gesichtern. Bevor Nikolas sie in Empfang nahm, stellte sich Taro zwischen die beiden, hob Lucys Schleier hoch und küsste ihre Stirn. Dann sah er sie innig an und flüsterte: »Ich liebe dich.«

Es war dieselbe Szene, die sie in seinen Gedanken gesehen hatte. In seiner Zukunftsvision. Sie hatte sich genauso bewahrheitet und er hatte sein Versprechen gehalten und sie als ihr Trauzeuge vor den Altar geführt.

Lucy lächelte glücklich. »Ich liebe dich auch«, flüsterte sie zurück.

Dann ließ er den Schleier wieder sinken, nahm ihre Hand und legte sie in Nikolas' Hand hinein. *Ich bin immer für euch da*, hörten sie seine Gedanken noch, bevor er sich entfernte und sich neben den Pult und seine Eltern stellte.

Als Nikolas dann ihren Schleier hob und ihr in die Augen sah, erkannte er augenblicklich, was ihn schon zuvor in einen regelrechten Freudentaumel versetzt hatte. Er holte tief Luft, leuchtete geradezu vor Glück und konnte die Freudentränen nicht zurückhalten, die ihm jetzt über das Gesicht rollten. Lucy löste eine Hand von ihrem Brautstrauß, strich ihm die Tränen fort und sandte ihm dabei all ihre Liebe. Und auch er schickte ihr seine Zuneigung, so dass sie sich in ihrem alten Euphoria-Spiel erneut in einen ekstatischen, berauschten Zustand hoben. Als es soweit war und sie die Worte sagen sollten, die in Lumenia ausgesprochen wurden, um sich für immer miteinander zu vereinen, mussten sie vor berauschender Glückseligkeit fast lachen. Und gleichzeitig lachten auch die Menschen im ganzen Saal leise. Sie spürten ihre Gefühle genau und waren fast ebenso berauscht wie sie.

In Lumenia sagte man nicht »Ich will«. Hierzulande sprach man »Ich bin« und meinte es auch so. Diese Worte waren die einzige Wahrheit, die existierte und die alles symbolisierte, was zwei Menschen miteinander verbinden konnte. Die Einheit.

Weiter geht es in den Parallelgeschichten »Marin – Göttin auf Abwegen«, welche von Marins Absturz in unsere Welt handelt und »Götterkinder«, welche die Geschichte aus Majas und Mikas Perspektive erzählt.

Außerdem steht die Euphoria-Geschichte in direktem Zusammenhang mit der Serie »One« und findet dann ihren Höhepunkt in »DiVine«.

Auf den nächsten Seiten findest du mehr Infos dazu.

Marin – Göttin auf Abwegen

Marin wacht an einem Strand auf und hat keine Erinnerungen mehr an ihr Leben oder ihre Identität. Jedoch weisen ihre unglaublichen Fähigkeiten und besonderen Eigenschaften darauf hin, dass sie nicht von dieser Welt zu sein scheint. Während sie versucht, sich in der ihr so fremden Welt zurechtzufinden und Stück für Stück das Geheimnis um ihre Herkunft zu lüften, gerät sie in gefährliche Abenteuer, die ihr deutlich machen, dass sie nicht die einzige ist, die ihrer Identität nachjagt.

Sie ahnt jedoch nicht, dass die vollständige Erinnerung an ihr wahres Selbst unmittelbar mit einem Ereignis zusammenhängt, das das Angesicht der Welt für immer verändern wird. Denn nicht nur sie befindet sich auf der Suche nach sich selbst, sondern mit ihr die gesamte Menschheit, die vor langer Zeit ihren Ursprung vergessen hat. Doch jetzt steht sie kurz vor ihrem Erwachen.

Die Parallelgeschichte zu den "Euphoria"-Hauptromanen - die Geschichte einer Göttin, die sich verlor, um gemeinsam mit der Menschheit zurück zu sich selbst zu finden.

Götterkinder

Einst waren alle Menschen Götter. So beginnt die wahre Geschichte der Menschheit - eine Geschichte, an die sich niemand mehr erinnert, denn eine Krankheit hatte einst die ganze Welt befallen und das Göttliche der Menschen in einen tiefen Schlaf fallen lassen. Nur ein Land hatte es geschafft, sich vor dieser Krankheit zu schützen. Ein Land, in dem noch heute mächtige Götter leben. Versteckt hinter einem schützenden Schild leben sie getrennt von unserer Welt. Dies ist die Heimat von Mika, einem Mädchen, das sich nichts sehnlicher wünscht, als die Menschen an ihre wahre Geschichte zu erinnern und das Göttliche in ihnen wieder zum Leben zu erwecken. Ihr Traum wird jäh Wirklichkeit, als ihre Welt droht unterzugehen und die einzige Rettung Maja Jenkins ist - ein Mädchen aus der Welt der schlafenden Götter. Doch um Mikas Welt vor dem Untergang zu bewahren, muss sich Maja zuerst an ihr göttliches Selbst erinnern. Denn nur, wenn sie das Göttliche in sich weckt, kann sie die Welt der Götter retten. Mit dieser Erinnerung beginnt jedoch ein Abenteuer für Maja, das nicht nur ihr Leben von Grund auf verändern wird, sondern die ganze Welt. Denn es erwachen unfassbare Fähigkeiten in ihr, die den Lauf der Welt für immer verändern werden.

Die Parallelgeschichte zu "Euphoria" - erzählt aus Majas und Mikas Perspektive für Kinder und junggebliebene Herzen.

One

"One" ist eine Urban Fantasy Buchreihe, die aus 6 Teilen besteht. Es handelt sich um ein Familienepos, das rund um die Teenagerin Mia aufgebaut ist, die die Tochter eines Engels und des Teufels ist. Die Thematik Gut und Böse, Licht und Schatten zieht sich demnach wie ein roter Faden durch Mias Leben und sorgt für zahlreiche Abenteuer und Gefühlsachterbahnen, bis sie erkennt, dass diese Pole im Grunde Eins sind (One) und ihre Gegenteiligkeit nur eine Illusion. Doch bis zu dieser Erkenntnis muss sie einen abenteuerlichen Weg der Selbsterkenntnis durch Licht und Schatten, Schmerz und Freude gehen - einen Weg durch die Illusion der Polarität. Diesen Weg gehen alle Charaktere der Geschichte zusammen und erwachen schließlich zu ihrem wahren Selbst und zu einem erhöhten Bewusstsein reiner Liebe. In diesem Bewusstsein wird erkannt, dass Liebe die einzige Wahrheit ist und das Böse nie wirklich existiert hat.

Die Geschichte »One« findet parallel zu »Euphoria« statt. Es geschehen dieselben Dinge, derselbe weltweite Aufstieg und Erwachensprozess, jedoch wird dieser in »One« anders erlebt.

Die Geschichten können unabhängig voneinander gelesen werden, gehören aber zusammen, da auch in »One« ein Zusammenhang der Geschehnisse mit Lumenia besteht. Wie dicht die Geschichten tatsächlich miteinander verwoben sind, erfährst du dann in der Fortsetzung beider Romanreihen: DiVine, wo alle Charaktere beider Reihen aufeinander treffen.

DiVine – Aufbruch ins Nichts

Die Welt ist im Wandel. Mia, Lucy und all ihre Freunde befinden sich in den Geburtswehen eines neuen Zeitalters, das sich durch unglaubliche Veränderungen ihrer Wirklichkeit offenbart. Es prallen Welten aufeinander, welche ihre Ansichten über die Realität vollständig in sich zusammenfallen lassen und doch ahnen sie bereits alle, wo dieser Wandel hinführen wird.

Die Grenzen ihres Seins scheinen sich mit den alten Strukturen der Welt in Nichts aufzulösen und machen den Weg frei für ungeahnte Erfahrungen. Sie brechen auf in eine Wirklichkeit, die nicht nur all ihre Vorstellungskraft sprengt, sondern die Schatten der Vergangenheit aussehen lässt wie einen bösen, längst vergessenen Traum, den die Menschheit einst gemeinsam geträumt hat. Und schon bald wird man sich unfassbare Geschichten am Lagerfeuer über eine Zeit vor dem Erwachen erzählen, als die Menschen noch geschlafen haben.

Mehr Informationen zu allen Büchern, zu den Charakteren, dem Spiel der Götter und vielem mehr gibt es auf:

www.euphoria-lane.de